エロ事師たち

一

いかにも今様《いまよう》の文化アパート、節穴だらけの床板の大形《おおぎよう》なきしみひときわせわしく、つれて深く狎《な》れきった女の喘鳴《ぜんめい》が、殷々《いんいん》とひびきわたる。ときおり一つ二つ、言葉がまじる。

「な、何いうとんのやろ、もうちょいどないかならんか」

スブやん、じれったげに畳に突っ伏し、テープレコーダーのスピーカーへ耳をすり寄せた。かたわらの、それが癖で滑稽《こっけい》なほどみじかい脚をチマチマッと両膝《ひざ》そろえて坐《すわ》り、屑《くず》テープ丹念につなぎあわせる伴的《ばんてき》、口をとがらせてつぶやく。

「あかんて、それで精一杯や。なんしアパートの天井裏いうたら電線だらけや、ハム入るのんしゃアないわ」

なるほどそういわれると、きわめて抑揚に富む息づかいとは、対蹠《たいしょ》的に無表情な低い雑音が、我物顔に入りこんでいて、この両者、音程がよう似てる。床下から録音されているとはつゆ知らず、多分、ベニヤ一枚へだてた両隣の耳をはばかってだろう、つけっぱなしのラジオは、かえって雑音をくぐり抜け、〽ジンジンジンタンジンジンタカタッタッタア、といと気楽にひびいていた。

「肝心のとこがもう一つきけん。そやけどよう唸《うな》りはる女や」

スブやん、情けなく溜息《ためいき》つけば、伴的はなぐさめるように、「京都の染物屋の二号はんや、週に二へんくらい旦《だん》つく来よんねん、丁度この二階やろ、始まったら天井ギイギイいうよってすぐわかるわ、もうええ年したおっさんやけど、達者なもんやで」

ちょいまち、とスブやん大形に手を上げ伴的をとめる。女がしゃべったのだ。

——あんた、御飯食べていくやろ、味噌汁《みそしる》つくろか。

男はモゾモゾと応《こた》え、ききとれぬ。と、突拍子もない声がスブやんの鼓膜にとびこんできた。

——お豆腐屋さん！　うっとこもらうよオ。

男再び何事かしゃべり、女おかしそうに笑う。やがてドタドタとアパートの階段を乱暴にかけ上る音、ドアのノック、咳《せき》ばらい。

——そこ置いとって頂戴《ちょうだい》、入れもんとお金は夕方に一緒でええやろ、すまんなア。

しばし静寂の後、再び床板きしみ女は唸り、スブやんあっけにとられるのを、伴的ひと膝にじりよって、「やっとる最中に飯のお菜たのみよったんや、ええ面《つら》の皮やで豆腐屋も」

スブやんこの説明をきくとひっくりかえって笑い出し、やがて「リアリティあるやんか」といった。リアリティは近頃スブやんの口癖である。というのも客の眼エや耳が肥えてきよったからで、まあたいがいのことにはおどろきよらん。テープ一つにしたところが、たとえば「雨の夜」と呼ばれる三十分物の、初めから終りまで女がいややいややと抵抗する異色篇も、これならとスブやんお顧客《とくい》の尼ヶ崎の銘木屋へもちこんだが、中で男の「人間は運命に逆ってはいけないよ」という台辞《せりふ》一言に、それまで身をのり出してた餓鬼が、フイッと顔を上げ、「なあ、女口説《くど》く時、こんなことというあほおるかア。インチキ臭いで」とどのつまりが只《ただ》聴かれ。「そらみんな必死やさかい、あほなこともいいますやろ」テープ中の男になりかわってスブやん弁解したが空《むな》しいのであった。

「考えてみたら東京弁があかんねんわ。あいつらの口きいてたら、ほんまのことかて嘘《うそ》いうてるみたいや、感情こもってえへんちゅうのかな。雨の夜のテープかて、ヒトニハサダメガオマンネ、ナア、コレモアンタノサダメヤオマヘンカ、サダメニサカラワント、サ、ソノテエドケトクナハレ、とこういうとったら、あの餓鬼かて満足しよったんや」

スブやんの腹立ちまぎれの妙な声色《こわいろ》をきいて、ほならいっちょやったろかと、伴的ひきうけて出来たのがこのテープ。豆腐屋の他《ほか》に、これは隣り部屋の二階に住む南のアルサロの女給と客の痴語、床板のきしみとハムは同じだが、ただこの女給、歯アでもわるいんか、シーシーと音を立て、あげくの果てに男がふぬけた声で、「アーコノカンゲキ」と往生するのもあれば、また珍らしくも男がはなからさいごまで、「スキスキスキッ！スキスキスキッ！」とわめきつづけるテープ。これは一部屋おいて隣りの学生と恋人の睦言《むつごと》だった。

「なんぼや、安うしといてや」

「一本、五千円ほどもろとこか」

伴的ふたたび坐り直して鼻水をすする。チェッこんな屑テープ使《つこ》うてからに、しかも己《おの》れが住むアパートのあちゃこちゃ盗みどりしよって元手はなんもかかっとらんやないかと心中ぼやき、だがこの三本それぞれええとこだけつなぎあわせて、リアリティ満点のエロテープ一本三千円はかたい、五十本プリントしたかてざっと十万のもうけやと、スブやん言い値で引き取った。

「あんじょう風邪ひいてもたで、徹夜で録音してんからなア」

「またおもろいのあったら頼むわ。来しなこのアパートの端の部屋に、寿《ことぶき》染めぬいた夫婦布団《ぶとん》干したあったけど、あら新婚ちゃうか」

うれし恥かし新婚のいちゃいちゃテープやったら、こら一本一万でも高《たこ》うはない。

「聞くだけやったら世話ないねんけどな、テープにとるとなるとこらぐつわるいわ。よっぽど感度ええマイク使うても、それだけハムも入るし」

さすがは伴的、心得てすでに録音をこころみていた。新婚は同じ階のはずれ、天井に忍んでマイクをセットしたが雑音が多い。いやそれより、二階にある便所の水洗の音が、間なしにガタガタシャアシャア、ときにはあたりはばからぬ放屁《ほうひ》の音も入り、「なんやもう気色わるなって」あかん。さればと物干竿《ものほしざお》の節を抜き、中にコードを通してマイクを下げ、その上を洗濯物めかしたふんどしでおおい、新婚の窓辺へさしのべてもみたけれど、これは屋外の、はるか遠い夜汽車の笛、車のクラクション、犬の遠吠《とおぼ》えに邪魔されて、それらしき物音はけも入っとらん。

「聞くだけやったらいうて、それどないすんねん」

あきらめぬスブやんに、伴的は、押入れを開け布団の間から医者の聴診器をひっぱり出した。聴診器の先きはビニールのガス管に接続されている。

「このビニールの先きに漏斗ついたあんねん。そいで漏斗は新婚の部屋の天井にふせてあるちゅうわけや」

スブやん、幼き頃絵本でみたラッパの化物みたいな対空聴音機を思い出した。なんや知らんあれは二キロ先きのはえの音まできこえるいうとったなあ、つまり同じ原理やとすぐ腑《ふ》におちる。

「ものすごうよう聴けまっさ。手にとる如《ごと》くちゅう奴《やつ》や」

「何時頃やりよんねん」

「そやな、ここにメモあるわ」

どこまでマメな奴やと感歎《かんたん》しながら、伴的のさし出すメモをみれば下手糞《へたくそ》な字で、「日やうあさ七じ、女Q。月やうよる十時けんくわのあと泣いてQ。火やうナシ。水やう三びゃう」などある。Qてなんや、なんやしらん終りしな嫁はんがキューいいはるねん。三びょうは、旦那《だんな》があっという間にすみはってんな、これには嫁はん文句いいはってたわ、なんや三秒もかからんいうて。

スブやんけっけと笑い、これもいけるでエとうなずいた。このしかけさえあったら、十三《じゅうそう》でも銀橋でも、なんぼでもきける。こら新兵器や、そや運送屋の社長に売ってこましたろ、あの餓鬼、温泉マーク行っても肝心のことより、すぐ便所の天井から上あがって盗み聴きが趣味やねんからなア。

「実費四千円や。五会百貨店へ行ったら聴診器古いの仰山売っとうわ、なんぼでも作るで」

伴的はうすら笑ってあたりを片づけはじめ、いっときも体おちつけぬ性分なのだ。元はといえば、元町に店を構える帽子屋の伜《せがれ》、写真道楽の末が、気の強い女房に閉口頓首《とんしゅ》。モデルと駆けおち同棲《どうせい》のいざこざあってやがて親から勘当受け、今は大阪城東の大宮町に侘《わ》び住いの身だが、写真の腕はもとより確か、他にさまざまな特技をもつ。

どないやトルコでもおごろか、風邪直るでえ、とスブやん伴的連れ立って表へ出れば、折しも師走《しわす》、ジングルベエやらトリーやらの陰にかくれたエロの商売、今が狙《ねら》い目稼《かせ》ぎ時、皎々《こうこう》と冴《さ》えわたる冬の月にも、心ははずみ、つい鼻唄《はなうた》に〽セントゴーマーチニン——。

スブやん実は酢豚の略。豚のように肥《ふと》ってはいても、どこやらはかなく悲しげな風情《ふぜい》に由来するあだ名であった。戸籍上の姓名は、今は警察の公安課のみぞ知る、表向き喜早時貴とたいそうな名前で、堂ビルの裏に月五千円の電話番つきデスクを借り受けここが連絡事務所。そのビジネスについて彼は、いやスブやん一党の仲間達はお互いエロ事師と称している。

千林の雑踏かき分け、二人は駅裏のトルコへ入ったが、客があふれて待合室の椅子《いす》にさえ坐れぬ。

「現金なもんやで、ここのトルコ、いらわすちゅうの皆知っとんやな」

ジャンパーに赤い靴下のイモあんちゃん、格子《こうし》の背広に蝶《ちょう》ネクタイのセールスマン、ラッパズボンに貸しボートみたいな靴はバーテンか、親指と人差指で煙草《たばこ》つまんでせわしのう灰おとしとんのはボロ電の学生やろ。じろじろ眺め渡すスブやんに、伴的は妙にあらたまった口調でいった。

「ぼくは、あれ邪道や思うねえ」

「邪道てなにがや、スペシャルか」

「スペシャルはええけど、いらわすのはあかんわ。やっぱしトルコはトルコらしゅうせな」

なんでや、と問い返すスブやんに、つまりトルコの女は技術者やねんなア。五本の指で、男の性感帯をあんじょう刺激してやな、それで楽しませるのが本来の在り方や。それを男にいらわさすやろ、いらわさすのは技術のいたらんところをカバーしよるんやなあ、料理でいうたら鰹節《かつおぶし》や昆布《こんぶ》でダシとらんとからに、科学調味料でごま化すみたいなもんやで。いったんいらわしたら、今度めに男はその先きを要求しよる、それが先きへ先きへすすんでみいな、なんのこっちゃ当り前の色事と同じになってまう。わいはあのスペシャルちゅうもんは、絶対にあれの代用品とはちゃう思うし、そいでのうたらどこにトルコの意味合いあんねん。飛田《とびた》でも今里《いまざと》ででも姫買いしたらええやねんか。あないしてマッサージ台の上ねころんで、まあいうたら赤ん坊みたいにやな、すべてもうあちらまかせで、こちゃらはただ眼エつむってなんも考えへん。女がどないな顔しとるか、なに思とるか、どうでもよろし。五本の指で男の気づかん、いや女房やらなんやらの知らんかった男のつぼを探し出して、やさしゅうしてもらう、それがスペシャルの醍醐味《だいごみ》ちゅうもんよ。いやもっというたらな、スペシャルは男ばっかりがようなって、女はなにも感じたらあかんもんやねん。つまりやな、あれはお母はんにしてもらうような感じでなかあかん。

「お母はん？　なんでお母はんがでてくんねな」

それまでは聞き流していたスブやん、なんとも場ちがいな言葉に耳つかえて問い返す。

「お母はんの愛情ちゅうもんは、こうなんちゅうたらええかな、サービスええやんか、献身的やろ。そいでちょと残酷なところもあるわ、スペシャルで男が往生するやろ、その時にイヤーやらアラアラやらいうて女がタオルでふきますわな。あの時、なんやお母はんによう似とる思うねん。男はもうその時必死やで、なんやしらんけどすがりついとるわ、そやけど女はまるでへっさらでおる、それがどうもお母はんと赤ん坊の関係みたいなんやな」

フーンそら伴的、あんたママコンプレックスいうのとちゃうか。いやようわからんけど、なんせトルコはそういうもんや思うわ。

「十八番さん、十八番さん、おりはらへんのん」

がさつな声に呼び立てられ、ひょいと整理札みれば十八番は伴的。「マアお母はんにかわいがってもらいや」スブやん肩をたたくと、伴的鼻をすすり上げ、水着姿二十貫はあろうかという女に引っ立てられて姿を消した。

スブやんみたところ四十も少し出た感じだが実はとって三十五歳、母は十七年前、神戸空襲で死んだ。みじめな死にざまであった。父は戦地へ駆り出され、母一人子一人細々と洋服のつくろいで過ごすうち、過労のためかそれまでも病身だった母の腰が抜けた。スブやん中島飛行機へ勤め、勤労特配などあってかつかつ喰うには困らなかったが、さてB二九が白い飛行機雲空になびかせはじめては、母の始末に窮した。疎開《そかい》するとてたよる血縁はなく、家は湊川《みなとがわ》神社のすぐ横でいわば神戸の中心、そうでなくても、アメリカは楠公《なんこう》さん焼くそうやとデマがとびかい、どうころんでも助かる道はない。そして二十年三月十七日、パンパンと今から思えばクリスマスのクラッカーのように軽薄な音が焼夷弾《しょういだん》の皮切りで、「おちましたでえ」というより火の粉煙が先きに立ち、「お母ちゃんどないしょ」「ええから逃げなはれ」上半身起してスブやんをみつめる姿に、かなわぬと知りつつ後からかかえて二歩三歩、とてもその軽さに泣くゆとりはない。「お母ちゃんに布団かけて、はよかけて」スブやんいまはこれまでと布団ひきずり出し、一枚かけては防火用水のバケツぶちまけ、また一枚おおっては水道の水を汲《く》み、せめてこれでなんとか持ちこたえてえなと、これは切端《せっぱ》つまって親子二人考え出した非常時の処置であった。

そのまま母の無事を祈るいとまなく、楠公さんのきわの電車道にとび出せば、すでに町内は逃げたのか人影もみえず、ただ湊川神社の木立ちめらめらと焔《ほのお》をあげ、今までいた家並みそろって黒煙を吐き出している。しかもひっきりなしに、あの荒磯《あらいそ》を波のひくようなザアザアという爆弾の落下音が轟《とどろ》き、思わず伏せてバケツを頭にかぶったスブやんの、ほんの二米《メートル》先きを、まるで筍《たけのこ》の生えそろったように焼夷弾びっしりと植わって、いっせいに火を吹いた。

翌日、まだうっかりすると燃えつきそうに熱い焼跡を、警防団が母を掘り出したが、幾枚かけたか覚えのない布団の、下二枚は焦《こ》げ目もなく、そして最後にお母ちゃんがあらわれた。全身うすい焦茶色となり、髪の毛だけが妙に水々しく、苦悶《くもん》の色はみえなかった。

「黒焦げになって、猿みたいにちぢこまった仏さんもようけいてはるのや。こないに五体満足なだけましやで」

警防団員の一人が肩にまわり、一人が脚を持とうとすると、まるで金魚すくいの紙が破れるみたいに、お母ちゃんの体はフワッと肉がくずれ骨がみえた。ウッと口を押さえとびすさった警防団、ややしばし後に「しゃアないわ、スコップですくお」と、そのスコップの動きにつれて、指の一本一本の肉までがきれいにはがれ、くだけ、最後はこれもまるでオブラートの如くたわいない寝巻きとごちゃまぜにむしろの担架につみ上げられたのだった。スブやんはただ立ちすくみ、今もかしわの蒸し焼きだけは見る気もしない。

病身ではあったが気の強い女で、戦地へおもむく夫を送る朝、喧嘩《けんか》をした。「後ようたのむでえ」と、町内の歓送会へでかけるきわに親父《おやじ》がいい、つけ加えてついスブやんのズボンのほころびを、「はよつくろうたりや」といったのは小店ながらも洋服屋の職人、それが母の気にさわった。「これから誉れの出征やいうのに、なにごたごたいうてはるのん、女みたいに」と怒鳴り、すでに高小一年だったスブやんのズボンまたたく間にずり下げると、部屋のすみにほうり投げ、「ぐずぐずせんと、他所《よそ》いきの服着なさい」とこき、父はそれに抗弁もせず、玄関の前の路地で、顎《あご》を埋めるようにしながら、応召の赤だすきを直していた。

母、いやスブやんにとっても、これが父の最後の姿となった。

「スペシャルとお母はんか、おもろいことといいよんな、そやけどあの母親やったら、どうも感じでんで、おそろしかったもんなあ」

まだまわらぬトルコの順番を待って、伴的の言葉に否応《いやおう》なし母親のあれこれ想《おも》い浮かべたスブやんだが、まるでピンとこない。

母親の気の強いのは、その生理的欠陥にあるようだった。小学生の頃、玄関を入ると、いや八軒長屋のその路地を少し入ると、長火鉢の銅壺《どうこ》で煎《せん》じる実母散やら中将湯の臭《にお》いがした。便所のおとし紙の下に、珍らしくなったチョコレートの銀紙をみつけ、「ウワお母ちゃん便所でチョコレート食べとんね、ずるいわ」といって、いやという程横面張《よこつら》られたこともある。チョコレートではなくて坐薬《ざやく》だと知ったのははるか後になってからだが、この時の記憶をそれほど長く持ちつづけたのは、もちろんチョコレートに対する執念ではなくて、その時の母のすさまじい表情、自らの女としての欠陥を子供に見破られた口惜《くや》しさが、スブやんの心に灼《や》きついていたからだろう。「あのお母ちゃんとお父ちゃん、ほんま寝とったんかいな、もっとも寝たからわいが生れたちゅうわけやけど」思わず苦笑するところへ、「いやらしわこの人にたにた笑うてから、はよおいなはれな」

スブやんの女が呼んだ。

以前は旅館であったのを、そのまま居抜きでトルコに仕立て、襖《ふすま》を開けると畳の上にマッサージ台があり、床の間を少し張り出してそこがトルコ風呂《ぶろ》、体を洗うのは共同浴場だが、その客はなく、スブやんの通された部屋も冷え切っていて、どうも蒸し風呂にすらスチームの通る気配はみえぬ。

「蒸してんか、くたびれとんね」

「ほなもっとはよこなあかんわ。この時間やったら特別オンリーや」

「特別てなんやねん」

しらばっくれてきくと、うちの方からいわれへん、お客さんの思《おぼ》し召し次第やもん、ほな千円やるわ、あと二百円つけてえなとのやりとりあって、たちまち女はスブやんのズボンをはぎにかかり、このあたりたしかに父親出征の朝の母に似ていたが、さすがポンとほうりはせず、座敷にふさわしい古びた衣桁《いこう》へかけた。

女は当然のようにスブやんの手をとると、「二本指あかんよ、一本だけやし」と自分の下着へ導く。スブやんあわてて、「わしそれあかんねん、なんにもせんでええから、あんただけやって」ふだんなら二本指どころかけつのケバまで抜いたろかというスブやんだが、今は伴的の説が心に残っている。

「お客さんここはじめて」「ウン」「なんでいややのん」「なんでもや」「けったいな人」「うるさいな、だまっとれや」「フン」と女は乳液たっぷり掌にふくませて、むんずとひっつかむ、スブやん「ちべたア」と悲鳴をあげる。

スブやんの家は千林から旧京阪で駅一つ先きの滝井にあり、女房お春は床屋の店を張る。といっても五年前、亭主に死にわかれたお春がとって十一の娘をかかえ、その店をつぐかたわら二階の一部屋を人に貸し、そこへスブやんがころがりこんで半年後に後家のふんばりもはかなく、入むこの形となったのだ。はじめの頃はスブやんが忍ぶと、添い寝する娘の恵子めざとく起き出し、「お母ちゃんの後に誰かいてはる」とうつつにさけび、それをまた女房いや当時は奥さんとスブやん呼んでいたお春が、「なにいうてんの、恵子ちゃん夢みてはるのよ、熱あんのとちゃう」などその額にしさいらしく手をあてごま化すのを、その腰にかじりついたまませいぜい背を丸め、「うまいこと嘘《うそ》つきよるで」と感心していたものだが、これがたたってか、恵子はいまだになつかぬ。

母が死んで後、工場も爆撃を受けて身の置きどころなく、スブやんは和歌山有田郡湯浅へ、帰郷した工員仲間をたよった。魚も食べられる米かてあると、仲間の前口上はよかったが、いざたどりつけばてんから邪魔者扱いされ、与えられた網小屋の明け暮れは浜辺にまず板をならべその上にムシロを敷き、少し傾斜させたその上部から汲《く》み上げた海水を流す。しばらく陽に干してまたくりかえせば、下部に塩分の多い海水がたまり、これを漁師は魚の貯蔵用にひきとる。かわりにサツマ芋、胡瓜《きゅうり》、たまさか握り飯に、ようやくありつけた。

終戦になるともっぱら魚ひっかついで闇市《やみいち》へ運び、これはこれでいい金になったが、とにもかくにもその日暮し、ようやく二万円ばかりの新円にぎって大阪へとび出したのが、丁度二十歳。高小卒と、闇市で見つけた古い早稲田《わせだ》の講義録、これもハナは上等の紙質に眼エつけて乾物を包むつもりで一束買ったのだが、それを拾い読んだ学歴では、もとよりまともな職はない。新聞ホルダーやグラフ雑誌の外交、さては中之島《なかのしま》のパンパン相手に珈琲《コーヒー》半ポンド単位のブローカー、知能テスト虎《とら》の巻販売、ガセネタのパチンコ必中器売りと渡り歩いて、日暮れに脅える日銭稼《ひぜにかせ》ぎのドヤ住い、あげくの果てにたどりついた職が三流金銭登録機のセールスで、すでに闇市の時代を遠く過ぎ世の中はおちついて、スブやん二十六歳。一台売って三千八百円の口銭たよりに死なず生きず関目の安アパートで過ごすうち、ひょんな目がでた。

森小路の商店街にあるけちな文房具屋、たかをくくって訪れたのだが、思いがけずに愛想《あいそ》よくもてなされ、まあ奥へ入りなさいとその斜頸《しゃけい》の首いっそう傾けて主人が先きに立ち、どないな風の吹きまわしと思ううち、手ずから茶まで入れてくれ、家人は留守。

「あんたらなんでっしゃろ、そないして方々歩いてなはんのやから、こう、おもろいもん知ってはるやろ、ええ?」

主人声をひそめていう。おもろいもんてなんですかとききかえすスブやんに、テキはあれやがなあれやがなといいつつ奥の間へ姿を消し、なにやらガタゴト鍵《かぎ》などいじくる音をさせ、さて現れた時にはハトロン紙のちいさな袋を手にしていた。十枚一組の、うすぼけたエロ写真だった。

「どこぞで手エに入れへんか。便宜はかろうてくれるんやったら、そっちゃの方も」とスブやんの持参した登録機のカタログを顎でしゃくり、「考えときまっせ、なあ?」

写真売りはいくらもいた。スブやん自身買ったことがあるし、他にエロ本のバイ人も以前のドヤ仲間だった。早速みつくろって十枚三百円というのを二百円にまけさせ、二袋もっていくと、いやもう主人はスブやんの表情から首尾上々とみてとり、あわてて下《げ》駄《た》つっかけて表へ走り出し、

「今おかあちゃんおるよって他処《よそ》いこ、はよう来」とせき立ててせき立て、すっかりうわずってしもとる。

結局、三万八千円の登録機を月賦《げっぷ》で売りつけその口銭の他に写真一組につき二百円のもうけ、この頃スブやん通いつめた旧京阪は橋本の女郎がショートで四百円やったから、

こらぼろい。

一軒切りくずせばどこそこさんへも入れてもろてますと例をあげて話は早く、まして エロ写真の効用はすばらしかった。親代々の小商い受けつぎ、どういうわけか申し合せた如《ごと》くいずこもがみつい女房に、禿頭尻《はげあたまじり》に敷かれる手合ばかり、たまさかの温泉旅行が唯一《ただ》つ息抜き、そこで番頭に卑屈にたのんで手にするエロ写真は、彼等のお守りとよめた。スブやんの持参する新しいネタ眼にするやいなや、例外なく手をわななかせて逆上し、しかも数みせるうち必ず一枚二枚をひそかにくすねるけちな根性。

セールスの成績も上ったが、都合よく年中故障する登録機の、その修理を口実に、口やかましい女房連の眼をぬすみ、そっと手渡すエロネタの、その仲介料がばかにならぬ。写真、本、媚薬《びやく》にはじまって口づてに顧客の数は増え、やがて器具からブルーフィルムにまで手を拡《ひろ》げ、常に強い刺激を求める色餓鬼亡者《もうじゃ》相手の東奔西走、いつしかスブやんエロ事師の仲間入りをしていた。肩書きだけは金銭登録機販売代理店、業務課長として、年齢よりはるかにふけてみえるその容姿、大いに役立つ。

「今帰ったよ、お春、ねたんかア」

夜目にも汚れた白いカーテンの表戸を開け、スブやん声をかけた。

「へえ、お帰り、寒かったやろ、お腹《なか》減ってまへんのんか」

いそいそあらわれたお春の、もうおっつけ一時というのにまだ寝巻きに着がえぬ姿を眼にして、トルコ帰りはやはりぐつわるい。「恵子ねたんか」「へえ、さいぜんまでなんやしらん交番所のお巡《まわ》りさんとこで話してたいうてたけど、今さっき帰りましたわ」きいてスブやんギョッとなり、「な、なんで交番所へ話しに行くねん」「へえ、あしこに一人男前のお巡りさんおるんやてえ、この奥に眼エありみたいに眼エひっこんでて、誰やらいう俳優さんに似とんやそうですわ。まあせやけどお巡りさん相手にしゃべってんねやったら気づかいありまへんわなあ」

お春すでにスブやんのやばいなりわいを知ってはいたが、そこはやはり世をはばかるそのリアリティがうすい。まさか恵子がタレコミはせんやろが、うっかりして恵子のむこに巡査でもきてみい、こらごつい厄やでとスブやん口をもごもごさせ、「危ない年頃やさかいな、いくら相手が誰でも、気いつけたりや」いいすてるなり二階へ上り、ももひきのまま、「なにもいらん、ねぶたいだけや」早々に横になるスブやんに、お春「えらい長いことしてまへんなア」とつぶやいた。夏から秋口にかけて、お春はえらいしんどいと床屋の仕事も休み勝ちで、それはスブやんの稼ぎが一家を十分まかなっていたからどうということもないのだが、そのうち妙に影が薄れ、医者にみせると、胸に影が写った。まあ無理せんと栄養ようつけとったらよろしいやろといわれるまま、夜のこともお互いひかえ勝ちになり、考えてみれば三月近くの御無沙汰《ごぶさた》。トルコはトルコ、これはこれやとスブやんお春を抱き寄せたが、しばらくのうちにその肩やら太ももげっそり肉のおちて、「あかんで、もういっぺん医者にみせな」と心底いうのを、お春は逃げ口上とうけとり、「抱いてくれはるだけでええのどす。なにも無理にいうてしまへん」とはや涙声になり、子持ちの、しかも三つ年上の女房らしくひがみにかかる。「ちゃうがな、ほんまに体心配しとるだけや、あほやなアもう」「すんまへん」

スブやんつい一時間前トルコでそがれた威勢を、なんとかかり立てるべく大童《おおわら》わとなるうち、階下の恵子の、大きなくさめがきこえ、あいつまた布団《ふとん》はいどんのとちゃうかと思ったとたん、この夏に何度か眼にし、やがてはそれを期待して夜中便所へ降りた恵子のあけっぴろげた寝乱れ姿が浮かんで、ようやくスブやん男が立ち、春子はうれしそうに喉《のど》を鳴らし、「ほんまこんなとこ録音されたらわややで」と、ふと伴的がこの床下にまでコードを引きまわしているような錯覚におそわれた。

「あ、喜早でございます。毎度お世話になりまして、ありがとうございます」

実は、といいかけてスブやんわざと受話器に口ごもってみせた。そしてあらためて声低め、「至急お耳に入れて御相談いただきたいことがございまして、ハア、ちょっとおもろい話ですねん。少々お時間をおさきいただくわけにはまいりませんでしょうか」あくまで口調は丁寧だが、有無いわせぬ押しつけがましさで、これもエロ事師の策であった。スブやんから電話をうけ、たちまち眼尻下げる客ばかりとは限らぬ。なんやこの暮の忙がしい時に、といちおう体裁をつくりたがる餓鬼もあれば、また心やたけにはやりながら、いざとなると億劫《おっくう》がる無精者も多い。押しも必要なのだ。特にこの場合は、やみくもに切端《せっぱ》つまった感じを与えた方が有利、処女の出物を売るのやから。

電話の相手は広告代理店の重役、かねて「ていらず」を求めていた。彼はとって四十二歳、いわば働き盛りの何不足ない世を渡っているのだが、只《ただ》一つ、自分の妻を、処女ではなかったと頑固に思いこんでいる。それも新婚初夜にでもわかったのならともかく、もはや十五年たった今になって、「ありゃどう考えてもぼくの前に男おったにちがいない。近頃いろいろ研究してみてんけど、すればするほどこの確信は強なるばっかしや。そらまあ今の女房に何いうてもしゃあないわ。子供も三人おることやし、まあ子供は皆ぼくによう似とって、このたねに疑いはないねん、そやけどなあ、この年なって、わいがはじめての男やいう女知らんちゅうことは、こら悲しいで。よう考えんのやけどなあ、ぼくなんか飛行機で東京なんかいくやろ、ひょっとして落ちるわなあ、わい死にきらんで。わいはついに処女知らんかったんか思たら、こら切ないで」ぼくとわいを使いわけながら、重役はスブやんにこうかきくどいた。「いっそ癌《がん》やとわかったらな、ほならわい、恥も外聞もないわ、女学生強姦《ごうかん》したるわ、わかってえな」と、金はなんぼでも出す、どうぞ処女を一人頼むと、泣かんばかりにかきくどかれ、といっても処女のあてはなく、恵子の友達二、三人思い浮べてみたが、どうなるものでもなかった。

そのうち同業者から芦屋《あしや》に「処女屋」のおばはんがいるときき、手土産もって訪ねると、大きな指輪の、その五十がらみのおばはん、まず客の好みを根掘り葉掘りききただして後、「ホナ安子よろしわ、二十三やけどもう十五、六ぺんやってるベテランやさかい、よろこんでもらえま」

処女のベテランときいてスブやん、なんやわかったようなわからんような気イしたが、事の次第を詳しくきくと、つまり処女の演技専門のコールガールが、阪神だけで十三人いてる。いっちゃん上は二十八、下は二十一で、客によりうまいこと芝居をしてみせる。もちろん明礬《みょうばん》使うての、江戸伝来の方法もつかうし、静脈から血イとって出血を装《よそお》うこともする。そやがもっとも肝心なんは、客がもっとる処女のイメージに自分をあわせることで、これができたら子持ちかて、ばんとした処女や。

「紹介者の駆けひきもいるねん。注文受けてから三月待たすこっちゃ、そいで、いざ引き合す段取りになったらいっぺんすっぽかして、やはりどうも最後の決心がつきかねるようでしていうて、なおいっそう餓鬼の期待を高める、ワクワクさせるんですわ」

戦前、大森で連込み宿を経営していたという肥えたおばはん、ようしゃべり、そしてよう寿司《すし》を喰うて、「ま、いつでもいうとくれやす、前日の医者の処女膜証明書つきでまわしまっさ」おばはんに手数料一万五千円、女に一万五千円、後はスブやんの腕次第、なんぼにでも売りつけていい。

「まあ、だまされた思うてやってみるか」

末広のしゃぶしゃぶ拾いながら、重役は一応ええかっこでいう。スブやん、伴的をまねて両膝《ひざ》すぼめ、

「私はこればっかりは先方の言葉を信用する他おまへんのです。こういうケースは初めてやし、万一、おかしなことなったら、私も困りますし、止《や》めとこかとも思いましたんやけど」

「年なんぼやねん」

「二十二イやそうで」

「なんでその気になったんやろ。家、困っとんか」

「いえそれがその、年末からスキーいきたいんやそうで、その遊ぶ金欲しいんですなあ。

私も今時はそんなもんかしらと」これもおばはんの入知恵、きょう日、親が病気でその治療代などそらぞらしいというのだが、狙《ねら》いたがわず、この台辞《せりふ》に重役ひっかかった。「そうらしいで、遊ぶためやったらなんでもやってまうねんなあ、ドライ娘いうやっちゃなあ」と、以後は浅ましいほど取乱し、「初めてやったら温泉マークはむごいんちゃうか、六甲《ろっこう》か有馬《ありま》連れていこか。そらわかってある、ムチャせえへん、一度であかなんだら、また次ぎのチャンスにするがな。こういうのんは無理すると、その女の人の一生を台無しにしてまうからな、そら可哀《かわい》そうやもんな。それで何時《いつ》やったらええねん」わいの方は、と手帳とり出し、身も心も勇みきっとる。まずは露見の恐れなしとみて、スブやん八万円と吹っかけたが、「ええわ、ホテル代ともで十万ちゅうとこか」と、いとも気易《きやす》い。

処女破りの吉日十二月二十日と決め、末広を出たがまだ陽は高い。どうせ道ついでやと、スブやん、御堂筋《みどうすじ》から中之島界隈《かいわい》のお顧客《とくい》めぐりに脚を向けた。はじめ森小路商店街の主人相手のなりわいが、一年のうちにいわゆる流通機構を卸問屋、販売代理店、メーカーとさかのぼって、さらに広告代理店、銀行、証券会社へ地下水のごとくしみわたり、業態はさまざまだがそのどこにも色餓鬼、助平亡者満ちあふれ、うわべとりすましたネクタイ背広ダブルカフスのその一枚剝《は》いだ下は、まるっきりセックスのかたまりといってよかった。老境にさしかかって自らの衰えをなげく者、ハイティーンの乱痴気を雑誌で拾い読み、その光景思いえがきつつ女房のかたわらで自慰にふける亭主、処女渇仰《かつごう》の重役もいれば、バスの車掌ならどんなのでもいいから世話しろと手をあわせる社長がいた。この入り組んだ欲望の迷路を、スブやんエロの灯かかげてふみ歩き、今では顧客のリスト三千名を超えている。

スブやん、御新規さんに紹介されても、決してそのさし出す名刺をうけとらぬ。その名刺じっとにらみすえ、おもむろに返して表情ひきしめ、万一のことございました時、かりそめにも御迷惑かけんよう、失礼ながらこれは戻さしていただきますと見栄《みえ》をきった。「いえお名前はここにちゃーんと、ここならたとえ二つに割れても出るのは白い脳《のう》味噌《みそ》だけで」と頭を指さす。なに、客と別れたらすぐに口の中で必死にくりかえしとった名前電話番号すぐにメモするし、話が長引くようなら便所で帳面に書きこむからくり。このハッタリは、四面硝子《ガラス》張りの毎日を送るサラリーマンに、いささか暗黒街とつきあいを持ったような錯覚をいだかせて、有効だった。一つまちがうとブタ箱へぶちこまれるかも知れぬ男と、たまさか飯を喰うことで、彼等は自らの歯車の日常に安堵《あんど》し、また危険感のおすそ分けに酔うのだ。

不況の色濃い証券会社では何の注文もとれず、鉄屋と土建屋からブルーフィルムのお座敷がかかった。景気の波は、この商売に、てき面に現われる。

数日後、スブやん、伴的のアパートをたずねると、彼はエロ写真の首すげ替えに夢中だった。ありきたりの秘戯図の、その腑《ふぬ》抜けたような女の表情を映画女優と替え、いかにも人相わるい男のそれを、また別の顔に移せば、ぐんと値が上るのだ。

「やっぱりなんちゅうたって柏戸《かしわど》やで、この立ち合い一気に押し込んで、我が体もろとも相手を土俵の外へ押し倒す瞬間や、迫力あるでエ」

伴的しきりに相撲《すもう》雑誌のグラビアをながめ感にたえぬ様子。なんや、いつから相撲ファンになりよってんときくと、これつまり、その瞬間の表情が、エロ写真の男にぴったりやというのである。

「明武谷《みようぶだに》の吊《つ》るとこもええんちゃうか思うけど、地位下やよって、クローズアップの写真あれへん。他は大鵬《たいほう》も若の花もあかん。なんちゅうても柏戸や」

柏戸の、いかにも力をこめた、その力のままが表情にあらわれているのはわかるが、しかしスブやん、「そやけど伴的、あの時、男てこんな顔すんのかいな」「そらわいかて鏡に写したことないさかいわからんけど、フニャーとしとるよりええんちゃうか。女はうっとり眼エとじとる、男はここをせんどと力ふりしぼって精液たたっこむ、そやろが、嘘《うそ》かてその方がみた眼よろしいで」

「野球選手どないや、王の一本脚でゴチンと打った瞬間、男らしいんちゃうか」

だが伴的は首を横に振った。野球、ボクシング、柔道、ラグビーと、いろんなスポーツの、もっとも男らしい表情のクローズアップみくらべてみて、なんせいっちゃんええのは柏戸や。

「メチャメチャ強いいうわけでもないのに人気あるやろ、その秘密はここにある思うわ。よう知らんけど女のファン多いんちゃうか。特に男の味しったおなごは、たまらんやろ」

いわれてスブやん、柏戸のその表情をしさいにながめ、ちょっと鏡かしてんかと、同じように眼吊り上げ、眉《まゆ》をしかめてみたが、これはさまにならぬ。

「あんなア伴的、ちょと相談あんねん」

一区切りついたところで、スブやん用件を持ち出した。

「今はまあしゃあないとしてやな、来年は、気候ようなったら、わいらでブルーフィルムつくってみいひんか」

そもそも伴的、写真が専門で、だからこそすげ替えもできるのだが、この男とは妙なきっかけで知り合った。スブやんの客の中におちぶれた喜劇役者がいて、これが自分と女の痴態を写真におさめたいといい出し、まるで閉口するスブやんにむりやりカメラを持たせ、撮るには撮ったがさてこのフィルム、表向き写真屋へ頼むわけにもいきまへんやろと気づかったら、客はヘラヘラ笑っておもろい奴《やつ》おんねんとひきあわされたのが、そもそものなれそめ。

カメラ一切心得てんねやったら八ミリかてなんとかなるやろ。大体、今扱《あつこ》うてる四国もんかて九州もんかて、いかにも能がなさすぎます。なんやいうたら三人がかり、のぞきに強姦、もうきまりきってある。客はどんどん眼エが肥えるのに、このままやったらいずれ五社と同じ行きづまりやわ、なにも危ない橋渡ってからによそのフィルム廻してもらわいでも、自家製でいこやないか。金はわいが出します、伴的、あんた監督やってくれへんか、決してやばいことないて。

スブやんの、しゃべるうちわれとわが弁舌に興奮したのか、次第にうわずる演説をきき、伴的もつりこまれてオーバーに、

「私ねえ、戦争前にパテーの九ミリ半いうムービー手がけたことあるんよ、そやから今出まわってるエロものなんかより絶対ええ写真つくってみせますわ、まあ、みとって下さい」

そや、ちょとあんたに観《み》てもらおかというから、あれはや手廻しよく撮っていたのかと思えば、それは九ミリ半、フィルムの中央にパーフォレーションのあいた古色蒼然《そうぜん》たる一巻、それにあうプロジェクターはないから虫眼鏡で一コマ一コマしたり気にながめ

ると、内容はなんの変哲もない上高地の風景。だが、その熱意は大いにたのもしい。技術の点はまかせられた。問題はタレントだが、これも以前伴的の使っていたモデルで、結婚に破れ、旅館の女中となったのがいて、まあ一万も出したったら大ていのことしまっさ。男はどないするというと、しばらくうなだれ思案していたが、やがて顔をあげて、なんやったらわい出演してもよろしわという。

話はとんとん拍子にまとまって、どやいっぱいいこかと表へ出たとたん、その前途祝うかのごとく、ブルーマに白いシャツの女学生の一団約六十名、ダッダッダと砂埃《すなぼこり》まい上げて二人の前を駆け抜けていく。

「すごいやんけ、あの脚みてみい、むちむちしてるで」

「ええ体やなあ、なんやもう張り切ってまうねえ」と伴的もうっとり見入り、よっしゃわいらも後から走ってこまそ、ええ運動やないか、ほないこか。たちまち二人、女学生の豊かな尻《しり》、ゆれうごく乳房に吸われる如《ごと》く宙をとび、そのまま五、六百米《メートル》走って、女学校へ着くと、校庭は丁度放課後で、庭を掃く者、たたずんで三々五々語りあうもの、バレーボールうち合うグループ、その周囲を最前のブルーマの一隊、まだ休まずに駆けまわる。

「ええ眺めやで」

「ほんまや、ここは女ばっかしの学校やから邪魔者が眼ェ入らんさかいよろし」

「何人くらい生徒おんねんやろ」

「二千人くらいちゃうか」

「二千人いうて、その全部処女やろか」

「さいな、九割は固いやろな。ここの学校えらい厳しいいうさかいなあ」

「九割いうと千八百人が処女か」

「その勘定やねえ」

「ほ、ほんまもんの処女いうたら、なんぼくらい値ェつくやろなあ」

「演技派で手取り一万五千いうとったやろ。正真正銘やったら二十万でどやろかな」

「二十万、千八百かける二十万いうと」

「三億六千万円やね、丁度百万ドルか」

「三億六千万、わあもったいないなあ、わいに扱かわしてもうたら、一割口銭とっても三千六百万やんか」

「宝のもちぐされやな」

「ちくしょう、女学校の校長はええなあ」

「あほらし、女学校の校長がスブやんみたいなことしたらどないなんねん」

「そやけど伴的、千八百枚の処女膜やで」

スブやん桜の花片《はなびら》の散りかかるように、はらはらと千八百枚の処女膜の天空に舞うのを夢みる。

「毛エかて売れるわ」

「毛エが、なんでや」

「南にな、若布酒《わかめざけ》いうて、百円出すと酒の徳利に女の毛エ根つきで一本抜いて入れてくれるねんて」

「フーン、処女の毛エやったら百円ではきかんな、三百円ぐらいとってもええ」

「どうせ一日五、六本は自然と抜けてまうねんさかいなあ」

「千八百かける五本かける三百円でなんぼや」

「えーと、二百七十万ちゃうか」

「わあ、ごっついもんやなあ」

スブやんあわてて毛エおちてえへんかと校庭をながめたが勿論《もちろん》眼にとまるわけもなく、ただもう、ごついなあごついなあ、とくりかえす二人のかたわらを、校内で唱《うた》うコーラスの「アベマリヤ」が、清らかに静かに流れていった。

「あのなあスブやん」

大宮町の寿司屋《すし》でビール飲みながら、伴的があらたまっていった。「あの女学校で思い出してんけどなあ、あんたとこの恵子ちゃん大丈夫か」

大丈夫てなんや、「いやな、この前千林のはずれを、男と肩組んで歩いてたでえ。もう年頃やし、むつかしい時や」といいかけるのをスブやん手をふってさえぎり、「そらあれやろ、奥眼の男やろ、そやったらだんない、あれ巡査や、身許《みもと》しっかりしとるわ」

ジュンサ？　とあきれる伴的に重ねて、「わいかてはじめおどろいたで、そやけどこんな商売しとるいうたかって親子は別や、まさか結婚話にまでなれへんやろし、まあ心配せんといて、わいかてあいつのこと、よう考えてんねん」これでも親父《おやじ》やよってになあと、先程の駆足がたたったか、スブやんたわいなくビールに酔った態《てい》で、恵子のことは大丈夫や、恵子の処女めったに破らせるかい二十万でもあかんでえ、と後は言葉にならぬ酔いのくり言。

「スブやん、ゴキの連絡どないすんねんな、映写会もうそろそろブツ揃《そろ》えんと」と、伴的ゆりうごかすがもはやびくともせぬ。「ちえっ、しゃあないなあ、わしゴキ苦手やでえ」

ゴキはブツの運び屋で、大阪市内のブルーフィルム収集家から、一日一巻二千円で借り出すのが今の商売。以前はこの道に名の知れたエロ事師だったが去年引退し、それまでに売りつけた顧客先きから、スブやんの頼みに応じて心易うひっぱり出してくれる。これというのも、四国の制作者が手入れうけ、泥なわで岐阜、福岡にロケ地を移しても肝心の監督がパクられてはろくな作品も仕上らず、それなら少々古くても、名の通った旧作の方が客によろこばれるのだ。

伴的がゴキを苦手とするのは、その趣味による。ゴキは門真《かどま》のはずれの蓮池《はすいけ》のほとりに住み、いや住むといっても以前は畠《はたけ》泥棒の番小屋、六畳一間に便所だけで、家は代々神社の神主、当代は弟が継いでおり、かつてはゴキも近在の神童と噂《うわさ》されたことあるそうやが、どこが、どういちがってか、今はしがない弟のすねかじり。

六畳いっぱいにマッチ箱から煙草《たばこ》の空箱、キャラメルの箱がとり散らかり、さらに周囲の壁のきわには、装飾の如く焼酎《しょうちゅう》の四合瓶がずらりとならび、文明の利器といえば、トランジスタ・ラジオ一台。四十八歳になるゴキの、これが全財産で、箱の中にはゴキブリを飼っていた。ゴキブリのそのぬめぬめと光る色艶《いろつや》を掌に賞《め》で、焼酎をかたむけ、さらに春日《かすが》八郎の歌謡曲があれば、ゴキはひたすら幸せなのである。伴的の二の脚踏むのも無理はない。

そうもいってられんとこまめな伴的、スブやんを寝かせたまま、シャキシャキとはや凍《い》てついた蓮池の泥をふみ、ゴキの小屋を訪ねれば、ゴキは便所にしゃがみこみ、姿かくすべき戸も破れたまま、「いよ、おこしやっしゃ」さすがにこの寒気に、ゴキブリは死に絶えたとみえコソとも動かず、やがてゴキ出てくるなり、「伴的さん、こんなこと考えたことおまへんか。こう、形のええ糞でますやろ、その時、この糞にひょっとして眼や口がついとって、なまこみたいに動くもんやったらどないやろか、やっぱし汚ない思うかそれとも我子みたいにいとしいやろか、どないだ」どないだといわれても、なんやもう気色わるいだけやが、何事も愛嬌《あいきょう》、「そやねえ、それ鳴くのやろか」と辛うじて問いかえすの。ところがゴキは手エポンとうって、「そや鳴いたらこらおもろいやろねえ、どんな鳴き声がええやろか、まあゆっくりしていきなはれ」と、ゴキは把手《とって》のとれた買物籠《かご》に焼酎の瓶ひっつかんでつめこみ、「これ二十本で中身一本と交換や、ようでけてるわ」と、止める間もなく表へ去る。

「ほんまこれやからいややで」と、裸電球さびしく灯《とも》り、暖房というたら朝入れて灰ばかりの煉炭《れんたん》ひとつ、火箸《ひばし》で突き崩すうち、ますます冷え込んできて、ほんまにこれは糞の鳴き声がきこえるような。「やっぱしブーとかスーやろかなア」、いつしか伴的、ゴキのペースにはまってもた。

師走《しわす》十五日から十九日までは、ブルーフィルムカラー三本とモノクローム一本あわせて一万二千円、これの上映時間がほぼ一時間で一晩に忘年会四軒をかけもちし、人のおもしろおかしく騒ぐのをききつつ、商売柄供待ちの部屋にも通されずに、待合料理屋の周《まわ》りをうろうろする苦痛はもうなかった。それよりフィルム切らんといてや、逆に捲《ま》かんといてやと、それのみが気にかかり、この売り上げ二十四万、損料三万、ゴキの口銭二万、伴的のてったい賃四万で、スブやんまるまる十五万、わるい商売やないて。二十日、いよいよ処女屋を重役に引き合せるのだが、おばはんのいう一度のすっぽかしも、あの打ち込みようでは必要なくみえ、なにより年末に少しでもまとまった金が欲しい。

午前十時、梅新の喫茶店でおばはんに連れられた処女屋に会い、その気でみればどこがどう処女なんかわからん当り前の娘。粗末なセーターに古びたツイードのスカート、平底の靴にトリコットの靴下、木彫りのネックレス、赤いナイロンのレインコートを膝《ひざ》に置き髪にはなんの技巧もみられぬ。うちみたところ、こら泉大津あたりの絨毯《じゅうたん》工場の女工のいでたちやとスブやんなりにふんで、「わたしはどうしてればよろしいんですか」

おばはんは嬉《うれ》しそうにハンドバッグから、茶色の封筒に入った紙切れを出し、これが前日付けの処女鑑定書、外科医笹木《ささき》なにがしと、印《はん》コまでおしてあった。「なんせお金だけきちんとしてくれはったらよろし、それから、夜は夕方にはかえしたっとくれやっしゃ、それくらいやなあ」とおばはん、処女屋に問いかける。処女屋はまるで揚幕の陰に出をまつ役者の如く、もはや形も心も処女の乗り移ったようで、ただこっくりうなずくだけ。「そや、こちら安子さんいいますねん」

重役は、交叉点《こうさてん》渡ったすぐのレストランにいた。まずスブやん一人近づいて耳打ちし、はなれてすわらせてある安子を遠見でながめさせる。

「どうですかしらねえ、私は間ちがいない思うんですけど」

勇気つけにか重役、昼間から水割りウィスキーを飲み、ちらりとみるなり、「ええわ紹介して」「あ、あの気休めかも知れませんが、こんなもの預かってまいりましてんけど」とスブやん処女鑑定書を渡し、なおもじもじするとようやく重役も気づいて、あ、これ八つ入ってる、と引き替えに封筒をさし出し、「すまんがこの領収書十万にして、後でええさかい」けったくそわるい、こんなもんまで社用にしよると思たが、まあ社用やろうと汚職やろうと金は金や。

後は勝手にさらせとスブやん、簡単に両者ひき合せて喫茶店にとってかえし、おばはんに約束の金を渡す。「大丈夫やろな?」「まかしとき、誰かて処女やないと見破るために抱けへん、処女であって欲しい願《ねご》うとるのやろ、めったにばれまへん」なるほどそれが道理であろう。

一方、重役はいったい何をしゃべっていいかわからず、第一レストランに二人とり残されたままで、なんとのうぐつわるく、「ほなまあ出まひょか」「はあ」と立ち上る安子の腰つき歩きっぷり、油断なく眼を光らせる。

「どんな映画みはるのですか」「あんまり暇あれしませんねん」「そうですやろね、お勤めどちらで」「今は辞めて家事の手伝いしてます、兄弟多いし母さん他処《よそ》で働いてるさかい」「えらいですなあ」と、これはタクシーの中での会話、とんとTVの司会者の質問であった。

銀橋の、おそろしく異国風構えのホテル、トイレ鏡ネオン風呂《ふろ》付き休憩三千円の極上を重役はしりこんだものの、ベッドの横の応接三点セットの椅子《いす》に一つ一つすわりこみ、処女やと思えば思うほど身体硬《こわ》ばって、手エ一つようにぎらん。

「どうです、お風呂入りはったら」断るかと思ったが素直にうけて、そのままバスの脱衣場へ向かう。しめた、浴衣《ゆかた》もっていくふりして裸みたろと、あくまであさましい。なに湯に入るのは、出血を装《よそお》う用意のためなのだ。

湯を使う音をきくと、重役そそくさと服を脱ぎ、ふと自分のももひきに気づいて、そや今日びの若い女はこれをきらういうからと、わざわざ抽出《ひきだ》しの奥へしまいこみ、自分と安子と二つの浴衣もって脱衣場の戸を開ければ、隅につつましく脱ぎすてられた衣服、上にスカートをかけてはあるが下着の色華《はな》やかにこぼれ、となるとさすがは中年男、パンツをとるなり「ゴメン」と体をバスルームへのし入れる。

あわてて バスから身を起し、後向きに体をかくす安子を、矢も楯《たて》もたまらず抱きしめ、そのままお互いしばしだんまり。「こわいことあれへんで、こわいことないがな」ようやく重役がうわずっていうと、安子へんにおちついた声で、「私、男の人とお風呂へ入るの、これで二へん目や」南無三《なむさん》手おくれかと泣きべそかく重役に、「いちばん初めは、子供の時お父さんと、お父さんもう死なはったけど」と、これも演技の一つであった。重役ほっと安堵《あんど》すると共にいとしさこみ上げたようで、今度は遠慮なく胸へ手をまわし、さすが固く脇《わき》をしめて防ぐのを、湯煙けちらして攻めつ防ぎつ、ようやく落花狼藉《ろうぜき》のかたちとなった。

ホテルを出ればすでにたそがれ、「お家《うち》のそばまで送ろか」というのを安子は断り、ほなさいなら、とぶっきら棒にいい捨て足早やに去る後姿を、重役はそれもはじめて男知ったはじらいと悲しみとみてにやつく。

「なんやはじめは、お金いらんから、かんにんしてくれいうたりな、ごちゃごちゃしとったけど、怖い半面、その怖いものみたさちゅうのもあんねんなア、下着脱がせにかかったら、恥かしいから自分でとるいうて、それから後は観念したらしいわ」

三日後、わざわざ重役はスブやんを呼び出して処女体験をこと細かに語り、楽屋裏心得ているだけになんとも笑止千万だったが、功名噺《ばなし》きいてやるのもサービスのうち、まあ少しはどういうしかけかと興味もある。

「いやほんまもんで、私も安心しましたわ。そやけどなんですねえ、重役さんにあの娘《こ》を引きあわせた後で、なんや知らん悪いことしたみたいな、また私も男のはしくれとしてはいらいらするみたいな気イしまして、そら私かてお金あったら処女をねえ」

えへへへと笑うと、重役ますます相好くずし、まあビール飲めやとこの上ない御機嫌。

「あの女はあれきりか?」

「そら話によっては、今後のおつきあいもでけますやろけど、危ないのちゃいますか。なんせ初めての男はんは、それでのうても忘れられんいいますでしょ。うっかりつきまとわれたりしたら」

と釘《くぎ》をさし、それより私もこれで見当つきましたから、処女の出物心がけてみよう思いますねんといえば、重役は眼をかがやかして、

「そら頼むわ、なんせこれも経験や、場数踏んで水揚げのベテランになれたらこれぞ男の本懐や、えらい実業家は皆やってはるそうやしな」

と、かつての「わいは死んでも死にきらん」とばかり悲痛な声をあげた面影はさらになく、えらい現金なもんや。まあしかし十二、三人はいるというおばはん手持ちの処女屋、その半分とりもてば濡手《ぬれて》で粟《あわ》の三十万、悪くはない。スブやん、ではまず吉報いず

れ必ず、と思い入れたっぷりに重役を見やり、重役また武者ぶるいして頼もしげにうなずき、とんとドサの芝居の幕切れあって、二人は別れる。

すでにクリスマスに近く、この夜のブルーフィルム貸し出しが、スブやん一党の仕事納め。他の同業は大晦日《おおみそか》ぎりぎりまでとびまわるが、サツもこの時期ぬかりなく網を張り、万事安全第一のスブやんは、常にシーズンの八合目で手をひいていた。

今夜の席は、広告代理店のスポンサー招待で、どちらもフィルムに眼エの肥えた連中。ありきたりのカラーなんぞではおさまらず、考えた末に弁士つきの新趣向、つまりサイレントである画面に、日本独特の映画説明をつけようというのであって、まず伴的が思いつき、そしてゴキが、往年の本職、今は梅田で名刺屋をやっている男を紹介した。

それまでも何度かサイレントに花をそえるべく工夫は凝らしていた。テープでムード音楽を流してみたり、伴的の録音したアパートの痴語テープを画面にあわせて編集し合せたり、だがどうももう一つしっくりいかん。

「こらやっぱりTVでやっとる吹き替えな、外国人が日本語しゃべるやろ、あれでいかな無理やわ」となり、ほな二人でやってみよかと、スブやん男役、伴的が女言葉をうけもち、「どうせ大したことというわけないんや」から気楽に試みたが、どっこい素人《しろうと》の手にはおえぬ。

マイクはさんで差し向い、スクリーンの男女のしぐさにあわせ、それらしき台辞《せりふ》吹きこんでる時はまだしも、いざテープを再生してみると、まるで抑揚のないスブやんの、「まあええからいうこときき」受けて裏声つかう伴的が、「あらいけないわ、おゆるし下さい」「ええやないか、誰でもやっとるこっちゃ」「いやです、いやです、お母さんたすけて」のやりとりは、まるで滑稽《こっけい》で、なにより二人とも画面に写し出されている強姦《ごうかん》の経験などないのだから、しゃべる言葉に窮し、犯罪実話の台辞のごとくありきたりで迫力がない。

されればと伴的エロ本みいみい台本をつくったが、一巻十二分ほどの八分が性行為であり、この間には何をしゃべればいいのか見当つかぬ。

結局、サイレント映画には弁士ちゅう日本独特の芸人がおるやないかと伴的いい出し、それをゴキがうけて、昔、東京で鳴らした弁士知っとるからそれに頼んだらええ、ついでにヴァイオリンもいるでえ、音楽なかったらあらかっこつかんと、さすが大正ひと桁《けた》生れの年の功。すっかり調子にのって、「こらおもろなった、幕間《まくあ》いに、エー写真にエロ、いぼつきサックはいかがいうてわい売り歩いたろかしら」

会場は天王寺近くのキイクラブ、これは主宰の広告代理店が借り切り、ついでにオリン奏者も一人用意した。スブやんは、ゴキの連れてくる弁士を中之島のホテルで待ちうけ、伴的は会場に先き乗りして、どうせのことならそれらしくと、弁士の机、水差し、貼紙《はりがみ》をととのえる。

弁士は、東山幸楽と名乗り、とても六十の年にはみえぬ若々しさ。ドスキンの上下に、チョッキには時計の金ぐさりぶらさげて悠揚せまらぬ貫録。

「どうも先生、このたびはとんでもないお願いをいたしまして」

と頭を下げるスブやんに、ことの次第はすべてゴキさんから通じていると、ただにこやかに笑いながら、

「試写をみせていただけますかな、まあアドリブでもできないこたアないんすがね」というから、スブやんますます感じ入って、早速会場へ御案内つかまつった。

「本日は賑々《にぎにぎ》しく御来館たまわり、館主館員一同になりかわりましてここに厚く厚く御礼つかまつります」

椅子を劇場風にならべかえ、それにびっしりとすわった三十名の客に、幸楽二十数年のブランクちりほどにも感じさせぬ挨拶《あいさつ》を見事に申しのべる。

「本日御覧に供しまするは、『旅情』一巻『マッサージ』一巻『女一人』一巻の都合三巻であります。不肖東山幸楽上顎《うわあご》と下顎のぶつかりあう限りしゃべってしゃべってしゃべりぬく所存にありますれば、なにとぞ拍手御喝采《ごかっさい》のほど、よろしくねがい上げます」

一礼すると割れんばかりの拍手、やがて場内闇《やみ》となり、まずは「旅情」のはじまりはじまり。

「さすが本職やな、ええ調子やで」とスブやん、「あれテープにとったらまた使えるやろ、そやからマイクしかけたってん」と抜け目ない伴的、ゴキはもくねんとウィスキーをあおる。

「色が浮世か、浮世が色か、いえ色あればこその生きる楽しさ、皆様にも思い当る節ございましょう」がらっと声音かわり大時代な抑揚で幸楽は、フィルムの導入部をよどみなく語り、つれてオリンが「天然の美」をかなでる。

画面は宿の一室、泊り客が女中を口説《くど》きはじめる、手をにぎり金を渡し、肩をだき顔を寄せる、いよいよ本題に入ったのだが、ここに至って幸楽、どうしたことかまったく沈黙。

「おかしいやないか」「そら弁士かてしゃべりづめやあらへん、間アちゅうもんがあるんや」とゴキが弁護したが、しかし、画面はどんどん進行してすでに女横たわり、男がさまざまに愛撫《あいぶ》を行う段となっても、やはりだまったまま、先きだっての打合せでは、ここで技巧の解説、松葉くずしの波まくらのと学を披露する段取りなのだ。スクリーンの反射光でみる幸楽は、ゆったりと椅子の背に体をもたせ、時おりエヘンの咳《せき》ばらいなどしていて、オリンの楽士もこれは若いからすっかり画面に心うばわれ、「天然の美」

からかわった「ゴンドラの唄《うた》」も途絶えがち。

スブやんあわてたが、映写中はどうにもならず、結局幸楽が一巻中しゃべったのは前説をのぞくと、中で男が隆々たる逸物《いちもつ》あらわにした時、「おってましたぞ、でましたぞ」と感歎《かんたん》したように呟《つぶ》やいただけ、これはどうも説明というより、素朴におどろいたためのようである。

「先生、なんかいうてくれな困りまんがな」一巻終ってスブやん幸楽を便所に連れこみ、ふんぜんと注文をつけた。

「さいですかな、しかし、あまりしゃべり過ぎては興覚めじゃござんせんかな」興覚めにもなにも、でましたぞ一言じゃどもならん、あちゃらかでもええから、たとえばこの逸物をソーセージに見立てまするとは一本百五十円はいたしましょうとかなんとか、なんかこうかっこつけて下さい、それからあの時も、先生なんかようあそびはったんやろから、女のたまらん声もあれこれ知ってはるでしょう、案定たのみますわ、とおだてすかしてかきくどく。

というのも、ふだんなら三本セット一万二千円で貸すのを、今回にかぎって一人二千円の会費、ぐっと割高にしたのも弁士つきなればこそであった。しかも連中すれっからしで、ふだんだって適当に映写中野次をとばし、その適切さはさきほどの幸楽などはるかに及ぶところではない。金はともかく、スブやんを信用し期待して集まった客に、このままでは顔向けできん。

「みんなもう胸をワクワクさせてんのですから」と念押すのをまるであわてずに幸楽はうけて、さて二巻目は「マッサージ」まず女の脚の大写しからはじまる。

「谷崎潤一郎先生の御作に『痴人の愛』がございます。皆様よく御存じのようにこのヒロインなおみの肉体は――」

幸楽の解説にスブやん地団駄踏んで、

「なんでここに谷崎先生がでてこんならんのや、もっとずばり毛エがうすいとか濃いとかいわんかい」

それでもスブやんにいわれた通り、一言だけ「アレ死ヌ死ヌ」「アレ私ダメよ」ぼそっと女の声色をきかせてはくれた。

果てて後、さすが幸楽の前では客も不満をいわなかったが、金を払う幹事はずばり「二千円は高いんちゃうか」と、結局千五百円に値切られ、計五万四千円、幸楽は「いやどうも、むつかしゅうござんすな」といいつつも約束通りのギャラ二万円ふんだくり、ゴキと伴的に手間賃払えば、まったくたびれ損、しかもふだんの十倍はつかれてしもた。

「なんやあんなもん、わいの方がうまいでエ」と、そのまま仕事納めの酒に酔ったスブやん、伴的のアパートへ押しかけ、フィルムを写すとあたりはばからぬ声で、幸楽くそくらえと弁士をつとめせめてもの憂《う》さばらし。伴的はまた「いちど本職の吹き替えつこうてやってみたいなア、男にはアンタッチャブルのネス隊長の声ええおもうわ、女はやっぱし岸田今日子やろなあ」と、豪華キャストを夢み、そしてゴキは酔うとそれが癖の祝詞《のりと》を音吐《おんと》朗々とがなり立てる。「たかまのはらにかむづまります、すめむつかむろぎのみこと、かむろみのみこともちて、あまつやしろくにつやしろとたたえごとおえまつるすめがみたちのまえにまおさく」なんじゃそれはとスブやんたずねれば、これすなわち、しわすの晦《みそか》の大祓《おおはらえ》の祝詞。まずはつつがなき年の暮。

二

年のはじめはエロ事師とてかわりなく、めでたく屠蘇《とそ》くみかわして、一枚の賀状もとどかぬ元旦《がんたん》ながら、お春、それに恵子も顔をそろえ、「今年はおれの干支《えと》や、なんかええことあるで、バーンとひとつ当てたるわ」と、一家の主人らしくスブやん年頭の抱負を語る。

「当てるて、なに当てるの」と恵子に冷めたく聞きかえされ、そらお前、と説明しようにも心づもりはブルーフィルムの自主制作だからなんともいいようなく、「まあまかしとき、恵子お前もし大学行きたいんやったらええで、いかしたるよ」と猫撫《ねこな》で声。

「うち、大学なんかいかへん」

「ほならお勤めして、そいでお嫁さんか、それもええな、嫁入り道具上等のんはりこんだるわ」そらまた気の早い、まだこの子ウ高校入ったばかりでっせと、しかしお春もわるい気はせん。

「うち、先生のとこ、お年始に行ってくるわ」恵子は、スブやんの話に乗らずに立ち上り、お春気にして「まあええやないの、もう少しおちつきなさい、折角の正月やねんから」と止める。

「そやけど遊びにいくいうて約束してしもてん」「ええわ、いっとおいで、他のとこやなし先生のとこやから、とめることないがな」「ちょとおそなるかも知れんけど、先生お酒飲ましたるいいはってん」「お酒？」「うん、ちょと危ないかも知れんな、独身やし」と恵子妙につっかかる。

「そら少しやったらええけど、たんと飲んだら気持わるなるで」

「気持わるなるくらいやったらええけどな、なんせお正月は女子高校生の貞操の危機やねんてえ」

　おどろくスブやんにひたと視線をむけ、「上級生の人いうてたわ、先生の家へ行くのんもええけど気イつけなあかんて。制服とちごて着物やからえらい色っぽうみえるらしいわ、乳いらいはったり、もっとすごいことしはる先生もおるいうて」

「そらあれやで、オーバーにいうとんねやろ」とスブやんあわてる。自分の職業が職業だけに、無理して私立の男女別学、その名も「菊水」と勇ましい学校へ入れたのに、先生が生徒に手エ出してはどもならん。

「上級生で、正月に処女失いはった人ようけおるらしいわ」

「どないしてわかるねん、そんなこと」

「そら体操の時わかるねんて、体の線がやっぱしちごうてくるいうわ」

「そんなに男知っとる生徒ようけおるんか」釣りこまれるスブやんにお春はらはらして、

「恵子さん、そんないやらしいことやめとき、人はどうでも自分だけしっかりしはったらよろし」

「同性愛も珍らしいことないようちの学校」恵子はかまわずしゃべりつづけた。

「男女別学やったら、なおさら皆好奇心旺盛《おうせい》になるらしいわ」

「同性愛てどないすんねん」

「わあエッチ。よう知らんけど、同性愛の人は人差指と中指の爪《つめ》をいつも短こうに切ってはるねんてエ」

思わずスブやん自分の指をうちながめ、ますますあわてて、「恵子、お前大丈夫なんやろな」「さあ、どないみえる?」といい捨てるなりひょいと立ち上り、そういわれると恵子のめっきり女めいた腰に思わず視線吸い寄せられ、お春「あんた、なんやのへんな眼つきして」と低くたしなめる。恵子にくらべてお春、正月の厚化粧にもおおいかくせぬやつれかただった。

「あんまりおそなったらあかんで、それにお酒はやめときや」

オーバーひっかけた恵子にスブやん注意すると、「大丈夫、うち今生理やもん、心配いらんわ」

いちいち機先を制せられスブやんすっかりとまどったが、考えてみると恵子とこれだけ話をしたのはこれまでにないこと。

「なんやあいつ、えらい色気づきよってからに」とブツブツつぶやき、へんな風に刺激された具合で、そのままお春を抱き寄せる。

スブやん生れは十月十日で、よく子供の頃、「お前は正月元旦にしこまれよってんやろ」と冷やかされたのを、ふと思い出した。

「大体、人間生きる楽しみいうたら、食うこととこれや、そのこっちがあかんようなってみい、いかな大会社の社長やいうて威張っとったかて生きてる甲斐《かい》あれへんわ。よう薬屋でホルモン剤やら精力剤やら売ってるやろ。いうたらわいの商売はそれと同じや、かわった写真、おもろい本読んで、しなびてちんこうなってもたんを、もう一度ニョキッとさしたるわけや、人だすけなんやで。今までなん人がわいに礼をいうたか、わいを待ちかねて涙ながさんばかりに頼んだ人がおったか、後生のええ商売やで」

お春を愛撫《あいぶ》しながら、スブやんはうそぶいた。初めは金のためのエロ事師、だが近頃、彼は真実このなりわいを人だすけと考え始めていた。「ていらず」を欲しがった重役が、まんまとごま化され、それでも処女を征服したつもりになれるんやったらそれでええこっちゃ。あのおっさんももう何時《いつ》でも満足して死ねはるやろ、伴的のリアリティあるエロテープ聴いて、チンチンが何年ぶりかでたったというあの尼ヶ崎の銘木屋は、「めでたいめでたい」てころころしとったやないか。わいがおらんかったらこの連中すくわれんのや、なあお春そうやないか、なんにも恥かしい商売やないで。

お飾りがとれると、伴的はブルーフィルム制作の準備にかかった。とりあえずは男役なしの、女の一人遊び通称「独楽《こま》」を撮ることにする。カメラ二台六万八千円、三脚六千五百円、ライト五箇六千円、その他露出計、フィルムなどの器材と、伴的のこと細かにつくった道具帖《ちょう》に従って天狗《てんぐ》の面、灰皿、コップ、ソーセージ、ビール、バナナ、化粧水、シーツ、煙草《たばこ》と、スブやんには見当のつかない品々買い整え計十万円余りに、女の出演料一万円の投資。

「筋書きは、まず女が買物にでかけるねん、これは千林で撮ったらええわ。この女、えらい欲求不満やねんな、それやから店屋でみるこう長細いもんな、それみてすぐに連想しよるわけや。その連想が独楽のシーンになるねん」

なるほどこれは新手であった。たいていのブルーフィルムが宿屋か、あるいは人里はなれた海辺や林を舞台とするのに、千林の雑踏で買物をする女性の姿にはじまるとは、こらリアリティあってよろしい。

「肝心のとこは、やっぱり宿屋借りなあかんな、うちのアパートでもでけんことはないけどせまいやろ、カメラひけんから、画《え》にヴァラエティがつかん。次ぎの間つきの部屋が欲しいな」

やばいことないかとスブやんたずねれば、「ゴキにもてつどうてもろて、麻雀《マージャン》やるいうて借りたらええんちゃうか。夜やったらライトえらい明るいからおかし思われるかも知れんけど、昼間なら大丈夫や」と、用意周到な返事である。

晴れた日をえらび千林商店街での撮影はつつがなく終り、もっとも物見高い弥次馬《やじうま》にどこぞのTV局でっかなどきかれ、お巡りにまでのぞきこまれてやきもき気をもんだが。

室内ははじめ図々《ずうずう》しくも曽根崎《そねざき》裏梅《うめ》ヶ枝《え》町の温泉マーク、指定通りの次ぎの間つきに乗りこめば、ベッドのわきにぐるりと鏡が貼《は》りめぐらされていて、これではカメラをあやつる伴的の姿が入ってしまう。麻雀だからと、なるべくおとなし気な旅館をえらび直し、丁度一月十五日は成人式で、玄関の下駄《げた》箱《ばこ》には昼日中からびっしりと短靴ハイヒール互いちがいに並び、眼にした撮影隊なんとなくふるい立った。

「ウーンみな好きやでエ」

この撮影では、一人寝の女性が、悶々《もんもん》としてビール瓶、ソーセージ、天狗の面、バナナ、化粧水の瓶を、とっかえひっかえもてあそぶシーン。伴的の演出はまことに的確なものだった。

「今度は顔のクローズアップや。あの時の表情、せいぜい悩ましくやったたって」

まず自分でその際の顔つき息づかいを歯ぎしりまで物真似《ものまね》入りで演じてみせる。初め笑ってばかりいたモデルもやがてはひきこまれ、切なげな陶酔の声音をもらし、やがて瞳《ひとみ》さえうるませた。ゴキとスブやんはただもうあれよあれよと見守るばかり、時たまライトの位置をいわれるままに移動させ、女の額に吹き出る汗をぬぐうだけの役割。

「そや、化粧水の瓶使うのんは、風呂場《ふろば》にしようか、変化つくで、ゴキお湯いれてんか」と、伴的はつぎつぎとアイデアをひねり出す。

「お湯いうたかて熱うしたらあかんで、陽なた水ぐらいでなかったら、湯気立ってレンズくもりよる」あわれ、モデルは冬のさなかに鳥肌立てて水も同様の風呂につけられ、さらにみじめなのはスブやんとゴキ、カメラの下にはいつくばり、懸命になって煙草をふかす。つまりその煙が、湯気の代用となる大トリック。

最後には、畳の上に水の入ったコップを置いて、「すまんけどスブやんこのそばでピョンピョン飛び跳ねてんか」という。これはまったくなんのまじないか、いわく因縁をたずねると、「つまりやね、あんまりそのものズバリのシーンばっかやったらいや気さすやろ。女が気イ入れて腰つこうさまを、このコップの水の振動でみせたるんや、間接描写ちゅうんかな」やむなくスブやん、隣座敷にひびかぬよう、ピョンコピョンコと跳びはね、伴的しきりにカメラアングルを考えるうち疲れてゴキと交替、ようやく五時間かかって撮影は無事終了した。

現像は、これも伴的の工夫で、プラスティックの雨樋《あまどい》を使い、器用に仕上げて、いよいよ編集、フィルムの屑《くず》にまみれて三人ああでもないこうでもないとやるところへ、管理人に電話でっせと呼ばれ、伴的がでると先日のモデル、かんかんに怒っている。「冗談やないわほんまに、おしっこかて難儀で困ってまうわ」と、よくきけば撮影につかった天狗の面、その鼻のうるしが溶けて大事なところが腫《は》れ上ってしもたといい、治療代五千円せびりとられた。

フィルムは上々の仕上りだった。ライトの使い方が際立《きわだ》っていて、きめ細かな陰影に富み在来の作品をはるかに凌《しの》ぐ。男のからむ「戦争もの」ではないだけにいささか売り先きを限定されるが、しかしこれはこれで好む向きもあり、一本五万円の値がつき、プリントをとれないからこれでは赤字だが、伴的の腕のたしかさきっぱり証明されたことだし、スブやんプロの前途は明るい。

「女はまあなんとかなるとして、男役が難儀やで」

続いて第二作をとせっつくスブやんに伴的がいった。「どうやあんたごついもん持ってるいうやんか、出演せんか」「あほいえ、なんぼもろてもいやじゃ」と、スブやんあわてて断ったが、といって心当りはない。「ゴキはどうや」「あかん、わし包茎やねん。まあそやけど、やくざ使うねんやったら、口きいてもええよ。二万も出したったらよろこんできよる」

だがやくざはやばい。三年前、スブやんが本格的にこの道へ入りかけた頃、どこをどうききつたえたのか、大阪北に巣喰う組の者が事務所にやってきて、「お宅さんのネタうちの方にもまわしてもらえませんやろか」と、口調は丁寧だが凄《すご》みのきいた顔の傷と家名にものをいわせ、伴的苦心のすげ替えエロ写真あるだけ原価でかっさらっていったことがあった。

エロ事師の大半はやくざとかかわり合いを持ち、それというのも大量にネタを仕入れた時など、この組織を通さなければとても捌《さば》ききれないからだが、スブやんは、わいはあくまで堅気のお顧客《とくい》相手、サラリーマンを対象の商売や、やくざとつきあえば、どうしたって垢《あか》がつく、わいもお顧客と同じ世界に居らな信用にわるいと、それまで一切関《かかわ》りを持たなかったのだ。

それに、堅気相手ならネタがサツに流れる危険はまずない。しかしやくざの、どうせ幹部の小遣い稼《かせ》ぎ、十枚一組原価三十円を八十円で下っぱに渡し、日航裏の問屋街の暗がりや、お初天神の境内で、相手によっちゃ五百円にも千円にも売りつける暴力的な写真バイ、そのくせこの連中、警察にあげられると、きわめて口が軽い。「どっから仕入れたんや」「へえ堂ビル裏のスブやんとっから」と、しめ上げるまでもなく、すすんでゲロしてまう。スブやんがサツに目エつけられるようになったきっかけも、結局はこのやくざにいやいや流した写真からだった。以後きっぱりと縁は切ったが、今ここで男役に組の者を使えば、サツよりなによりブルーフィルムをネタに、たちまち濡《ぬ》れ雑巾《ぞうきん》しぼるようにカツアゲされるだろう。

「まさか銭湯いって、ええ道具の男おったらどないですと声かけるわけにもいかんしなあ」「女抱かして、その上に金つけたるねんから、新聞にでも広告してみい、仰山きよるでえ」口々にいいはするけどとんと名案うかばず、結局伴的が仮面つけて自ら出演と決まる。

「どないや、うちのお宮で撮るのんは」ゴキがひょっこりいった。

「お宮て神社でか」

「わいもようけ映画みてるけど、お宮の中ちゅうのはないわ。あこやったらめっさと人も来んし、おもろいのちゃうか」

伴的これをきいて喜んだ。女を女学生にしたてる、わいが神主の服を着てこれを犯す、こら絶好の組合せやで。スブやんはそれほどのりきれないで、「神さんの罰あたらへんか」というのに、「へっつァらや、日本の神さんいうのはみな助平でな、女好きやねんからむしろ喜びはるくらいや」とゴキが太鼓判を押し、神主の息子がいうねんから、まあまちがいないやろ。

再び伴的、刻明な道具帖をつくってスブやんにみせた。今度はカラー、神主の衣裳《いしょう》はゴキが弟をだまして持ち出すときき、「ほなら女学生の服は恵子のでええやろ」となり、恵子の不在を幸いに、どうせ当分袖《そで》は通さぬ夏服を探してその洋服箪笥《だんす》を調べると、抽《ひき》出《だ》しの底に敷いた新聞の下から、ガリ版のエロ本があらわれた。スブやん呆然《ぼうぜん》として、「普通の親父《おやじ》やったら、こないな時にどないしてこますんやろか」

撮影現場となる神社は、ゴキの小屋とは蓮池《はすいけ》をへだてた木立ちの中にあって、応仁《おうにん》天皇を祀《まつ》る。神主の弟は、昼間市役所の支所へ勤めて不在。

子供の頃、大晦日《おおみそか》の除夜の鐘きいて後、父親と楠公《なんこう》さんへ初詣《はつもう》でに出かけていたスブやん、さすがに心とがめて、神妙にまず手をあわせたが、さて何と祈ってよいのやら、ブルーフィルムと応仁さんは、どうにも結びつかぬ。ゴキは勝手しったる拝殿を、鼻唄《はなうた》のように祝詞《のりと》がなり、「ライトのコンセントここにあるでえ、御明《みあか》しも今日びは電気やから丁度具合いええ」と、あたりの埃《ほこり》をうち払い、しかるべく舞台を整える。

伴的はまことに珍妙ないで立ちだった。神主の姿はまだしも、その裾《すそ》から紐《ひも》がのびていて、これは撮影機のリモートコントロール装置で、あくまで自分でシャッターを操作しなければ気のすまぬカメラマン気質。

筋書きは、女学生が何事かを祈願にくる、それを神主言葉たくみにさそいこみ、お祓《はら》いなどした後、猛然と襲いかかるというもの。女は、ようやく腫れのひいた第一回作品ヒロインの再登場。

ほな本番いこか、と伴的眼鏡につけ鬚《ひげ》でカムフラージュし、煌々《こうこう》たるライトのもといささかもひるむ色なく雄々しくふるまい、スブやんもようやく気をとり直してあれこれポーズに注文をつけるが、女のセーラー服の襟《えり》の白線やらスカートのひだ、見覚えあるせいか、つい組敷かれたその姿が恵子と重なり合い、むき出しの脚やらなにやらに、思わず胸がキューッとなる。

途中、不意にお鈴がカランカランと鳴り渡り、一同あわてたが、これは老婆《ろうば》の参詣《さんけい》で、シーッと唇に指をあてたスブやん、不自然なポーズのまま凍《い》てついた伴的と女、ごま化すつもりかひときわ高く、「たかまのはらにかむづまります、すめむつかむろぎ、かむろみのみことをもちて」とおはこの祝詞唱えるゴキ、だが老婆はなにも気づかず、もう一度お鈴のひもカランとひいて立ち去った。

「今の生かそ」と、伴的がいった。つまりその最中に参拝者があり、一心不乱に祈るその姿と、扉一枚へだてた中の乱暴狼藉《ろうぜき》をカットバックで交互にみせようというので、まことに転んでもただは起きぬはしっこさ。ただ拝んどったらええのやと、ゴキが駆り出されて鈴をふり、その姿カメラにおさめる頃には、拝殿内のライトひときわ明るく目立つ夕暮れとなっていた。

この作品「太柱《ふとばしら》」と命名され、後に古典的名作といわれるにいたる。

三月に入ると、税務署対策でまたブルーフィルムの回転が忙がしく、帰宅のおそいスブやんだったが、その二十日過ぎ、思いあまったようにお春は声をひそめ、「うちなあ、今日お医者さん行ってきましてん」とつげた。

「どないやった。なんやったら入院するなりなんなり、根エから直さなあかんでエ」とてっきり去年の秋、胸にみえた影のことかと思えば、なんと、「なんやおかしい思うてたんやけど、ややこでけたらしいんですわ」

「ややこ!」と素頓狂《すっとんきょう》な声のスブやんに「すんまへんなあ」とお春は身をすくめる。「すんまへんて、それで何カ月やねん」「もう四カ月目エやそうで」なんでこれまでわからんかってんと呆《あき》れたが、生理の不順は体が思わしくないせいかと考え、まさか今になってタネがとまるとは思わへんしと、しかし考えてみりゃお春は三十九の女盛り、不注意の罪はスブやんにもある。

「で、どないする」「へえ、明日もういっぺん今度は体もよう調べてもろて、もうええかげん年やし、もしまだ胸に影さすようやったらとても産めしめへんやろ」そして、もしあんたがどないしても欲しいいわはるのやったらそらうちはどうなっても産んでみせます、と細い声でつけ加えた。

「そらあかんて、そらわいも子ウ欲しいけど、なんしお前の体が第一や、先生のいう通りにし。いや子供は欲しいねんで、そやけどそれとこれは別や」スブやんすっかりうろたえて、事実、いったい今の自分に子供でけたらどんな具合になるか、驚天動地の新事態ではあった。

翌日、病院へ出かけたお春の留守に、スブやんふと恵子にたずねた。「もし、妹か弟でけたらどないや、うれしいか」恵子おどろくかと思えばまったく表情うごかさず、「やっぱりそうやったん。なんやゲエゲエいうてもどしとったから、そうやないか思うてたんやけど」へーえ、お前の方が気づいてたんかとスブやん呆れると、いどむような口調で、「うちかて子供やあらへん、妊娠したらどないなるかいうのんは、うちらの目下の関心事やさかいな」

そしてきっぱりいった。「弟か妹かしらんけど、うちと関係ないわ、産むねんやったら産んだらええやないの、そやけどお母ちゃんあの体で、どないなるかわからんよ、男はええやろけど」と、急に激しい感情あらわにして唇嚙《か》みしめる。「そやさかい病院いって、診断してもろとんねや、お父ちゃんかてそらお母ちゃんの体が大事です」「うち、ややこできてもかわいがったらへんで、いややわ、いやらしわ」と、ますます声高になり、「お母ちゃんややこ産んで死んでもたらええねん、そしたらうちかて勝手なことしたる」涙をふくみスブやんをにらみつける。

「どないしてんな、あんたいややったらそら考え直すで、なにもそんな怒らんかて」とスブやん肩に手をかけるのを、思いきりピシリとぶって、「さわらんといて、なにが考え直すやの、苦しむのはお母ちゃんやで、ほんまにもうあほやなあ」と、やがては泣きじゃくる。

お春は診断の結果、やはり中絶と決まり、その胸の病巣も悪化していて、とりあえず入院しなるべく早い時期に処置した方がええとのこと。

恵子は学校の帰途、必ず守口の病院へ寄り、スブやんの食事の世話もえらい甲斐甲斐《かいがい》しく、「しんどいやろ、家政婦でも頼もか」といたわれば、「ええよ、もしかして若い家政婦さんでも来てみ、お母ちゃん心配して、余計悪なるわ」母の危難に気負い立っている風だった。

だが同じ屋根の下に、娘とはいっても赤の他人の若い女と二人きり、どうもスブやん心おちつかぬ。恵子はまたどういうつもりか、「どないや肩こったやろ、もんだろか」といえば、「うん頼むわ、そやけど性感帯はあかんよ、感じ易《やす》い年頃やよってにな」しれっとして答え、助平心かくしたスブやんをどぎまぎさせる。どうにもからかわれているようで、それならいっそ痛いとこついたれとばかり、箪笥の抽出しにあったエロ本にふれ、「へんな本読む暇あったら勉強しいや」とあてこすったが、「ああれは研究のためや、いろいろ知っとかな将来困るやんか」と、まるで痛痒《つうよう》感じない様子。「ええいそんなに知りたいのやったら、いっそブルーフィルムみせたって、興奮させたったろか」と、腰のあたりうずく思いだったが、さすがに今のお春を考えればそれはできかねる。

四月に入り、ゴキが耳寄りな情報をもってきた。ブルーフィルムの演技者をみつけたというのだ。やくざとはまるで縁のない、お座敷シロクロ専門の男女で、あわせて四万くれたら何でもやるといい、男は五十くらいの年配やが、女の方が若い上にとびきりの別嬪《べっぴん》、こらもう絶対や、とたいへんな惚《ほ》れこみようである。スブやんに伴的もそれまで八方手分けして、アルサロ、トルコ風呂《ぶろ》の女に金で面張る出演交渉をこころみていたが、どれも思わしく運ばず、まして男役となると、いかにも好きものにみえるバーテンやらボーイは数いるが、「どないです、ブルーフィルムに出まへんか」など、ぶんなぐられそうな怖《おそ》れが先きに立って切り出せない。

「もっともな、女の方はちょっといかれてるらしいねん、いうたらあほやな」

「あほかてチョンかてあれにかわりないねんやろ、いこいこ」スブやん大いに張り切った。というのも「太柱」の出来ばえに感心した布施市の医者から、金に糸目はつけんと注文受けていて、この医者は糖尿のインポテンツ、それだけに風がわりな筋書きを自分で用意していた。「男役は眼鏡をかけていること。女役はセーラー服で勉学中を襲われ、縛られた上で犯されること。行為そのものよりもそこへいたる描写に念を入れ、女の抵抗する姿を事こまかに写してもらいたい。できれば女は小肥《こぶと》りの感じが望ましい」というのであって、「つまりこのおっさんは、自分のかわりを勤めさすねんな、出来ることなら男役に白衣着せて医者みたいにしてくれいうてたわ」打ち合わせを医者とすませて伴的は、この餓鬼の悲願、適確に見抜いている。

「それで何時《いつ》からかかろか。向うはえらいせっつきよんねんけどなあ」

だが、お春の中絶手術もせまっていた。守口のその病院は、胎児が成長しているからと、いわゆる掻爬《そうは》ではなく、人工的に出産させる方法をすすめ、それには二十時近くかかるそうな。とにかくこれを片づけぬうちは、フィルムにも打ちこめぬ。

「なんや知らん、子宮の中に風船入れてふくらますんやて」

スブやんは、医者に説明されたその手術の方法を伴的とゴキにきかせた。

「そいでその風船の口を糸でくくって、その糸がこうでるやろ」スブやん、自分の股間《こかん》から糸をひっぱるようにしてみせ、「この糸を滑車くぐらせて、丁度なんちゅうたらえかな、井戸のつるべみたいにしてその先きに重しのせるねん」その重しを少しずつ増管《けいかん》がやして十キロぐらいになると、風船がひっぱられて出てくる、ということは子宮頸押しひろげられる道理で、最後に風船がスポンとはずれたら、一緒に胎児もめでたく、いやすぐ死んでしまうんやからめでたいこともないけど、とにかく産れる、これがいちばん自然の出産に近い中絶の方法やそうな。「これがほんまのひもつきやで」と、スブやん冗談めかしたが、誰も笑わぬ。「そないにうまいこといくねんやったら、でてきた赤ん坊生きとんのやろ」とゴキいいかけるのを伴的手をふって、「やめとけ、ひもでひっぱられる奥さんの身イにもなってみい」とたしなめた。

三日後、医者のいった通り、風船玉にひかれて五カ月そこその胎児がいやいやしながらあらわれ、お春の予後も順調にみえたが、思いがけぬ難題がまちかまえていた。胎児の処理はてっきり病院でしてくれるのかと思ったら、「せめてこのかわいそうな子供のために、お父さんのお家《うち》のお墓へ入れてやってはどうです」と医者がいうのだ。

「まあ病院に無理いうてたのみこめばなんとかしてくれるんやろけど、わい、なんや冷めたそうないれもんに入ったその子みてな、その子五体もうすっかりそろうて男やねん、ちゃんとチンチンついとんねん、急に気イかわってな、よろしおます、そないさせてもらいますいうて、引きとってきてんけどな」

スブやん沈んだ声で伴的に相談をもちかける。子供はいかにもはかなげに、ちいさな注射器の容器に収められていた。

「どないしょ」といわれても、さすがの伴的にも才覚浮かばぬ、「土掘って埋めよか」

「いやそらあかん」とゴキが否定した。「よほど深うないと犬が臭《にお》いかぎつけてほじくりよるわ」

「男やいうたな」とゴキあらためてたずね、スブやんうなずくと、「ほなら水葬礼にしたらどうや、海ゆかば水漬《みづ》く屍《かばね》やったら、男らしいで」

「水葬て、海まで持っていくのか」とスブやん、「いや淀川《よどがわ》でよろしがな、ここら汚ないけど、樟葉《くすは》辺まで上ったら水も少しはきれなるし、三人でとむろうたりまひょ」

翌日、山本山の海苔《のり》の缶《かん》に、土と共に包装された五カ月の胎児を、スブやんしっかとかかえ、従うは伴的にゴキ、淀の川原を粛然として歩く。水際《みずぎわ》にいたって三人靴を脱ぎすて、うわべぬくうても、底は冷めたい晩春の水に膝《ひざ》までつかり、「さあスブやん、この先きもうぐっと深いから大丈夫や、放り込んだらええわ」とゴキにいわれ、スブやんふと悲しさがこみあげ、「ほんまかわいそうなことしたなあ、折角チンチンつけて勇んでたのに、かんにんしてや」と半ば涙声でつぶやき、思いきってポーンと投げる。とたんにゴキ、鋭い声で「敬礼」と号令をかけ、三人そろって見事に挙手の礼。「パンパカパーンパンカパンカパーン」かつて帝国軍人たりしゴキ、おごそかにラッパの口真似《くちまね》をひとくさりひびかせる。うららかな陽差しを浴びて、しばらく三人はそのまま立ちつくし、おのおのくゆらす煙草《たばこ》の煙と、川原の一面の菜の花が、ちいさな生命の終焉《しゅうえん》を飾っていた。

帰途スブやんは一人病院を訪れたが、その深刻な心情とはうらはらに、お春はいと事もなげに、「ほんまにもう肩の荷おろしたとはこのことですなあ、なんや急にお腹《なか》がすいてお腹がすいて」そらええ案配やとうけながら、しかし、「女親なんてほんまに冷めたいもんやで、ややこのことなんかきれいに忘れてしもとる」と、自分の母親とも考えあわせ、スブやん少々、女性不信の念をいだく。もちろんお春、水葬礼のいきさつはまるで知らない。

「スブやんの子ウやないかい、もし大きなっとったらきっとエロ好きにきまったる、あのややこの冥福《めいふく》祈るためにも、いっちょええフィルムつくろやないかい」ゴキの妙な励まし受けて、スブやんようやく気力をとりもどす。

「どやろ、今度めから助手一人使うたらええ思うねんけどな」伴的がいった。カメラをもう二台増《ふ》やし、さまざまな角度から撮っておけば、タレントへの出演料は一回分でも、編集によってまったく別のストーリーのフィルムを最低もう一本はつくれる。効率ええしそのためにはカメラマン兼進行係の、伴的が遠慮のう顎《あご》でつかえる男を一人必要とした。

「助手て、うかつに誰か連れてくるわけにもいかんで」とスブやんの心配はもっともで、このテの制作スタッフがサツに手入れ喰うきっかけは、ほとんどが仲間割れか、あるいは新入りがうっかりちょろっと宿の女中、知り合いに口すべらせることからだった。

「そら大丈夫やおもうわ、関目にカキヤのおっさんいてるやろ、スブやんも前にネタ扱《あつこ》うたことあるはずや、『布団《ふとん》の告白』やら『春情旅衣』なんか。あのおっさん、今日びエロ本売れんで困ってんねん、他に能ないしな、あれやったらいわば同業やし、それにカキヤだけに、ストーリーなんかもよう考えてくれると思うわ」

布施の医者がいくら金に糸目はつけんというても、一本の利益は知れている。だが内々でもう一つフィルムつくれるなら、こらスタッフの一人増える危険をあえてするだけの価値はあった。

「心配やったらどないや、ゴキも呼んで行ってみいひんか、おっさん麻雀《マージャン》好きやねん、そやからいっちょやりに来たいうて、ほいで相手みてやな、よかったらうち交渉するわ」

カキヤの部屋は、関目の駅に近いペンキ屋の二階の四畳半、みるからに逼迫《ひっぱく》しきったたたずまいで、家財道具ははげた茶簞笥《ちゃだんす》一つ、ただし当人は斜めに寝なければ脚のつかえそうな六尺二寸余りの巨大漢。紹介されるなり深々と頭を下げ、「わいは佐田の山と同じ背丈ですねん」

「そやけどあれですねえ、いくら専門やいうても、あないして次ぎ次ぎおもしろい本書かはんのは、えらいこってしょうな」

スブやんお世辞のつもりでまずいうと、カキヤすっかり恐縮してウジウジ口ごもっていたが、さらにスブやんの、「どないしてああいうの思いつかはるのか、見当もつきませんわ」に、きっと坐《すわ》り直し、「そうですねえ、ぼくの場合、やはり亡《な》き母への思慕というのが創作の秘密でしょうか」と、もっともらしくシケモクをくゆらす。

「ぼくの母は、恥をさらすようですが、不感症だったんです。不感症の女ほど、あわれなものはないですわ、ぼくは子供心にも、そのあわれさ悲しさをひしひしと感じましてね」

「はあ、あれは子供にもわかるもんでっか」とゴキが膝を乗り出す。

「それはわかりますよ」急に活《い》き活《い》きした感じのカキヤ、とうとう弁じたてた、伴的は麻雀屋へ牌《パイ》を借りにいって不在。

カキヤのもっとも古い母の記憶は、男に組敷かれているその姿であったという。彼女は当時、カキヤの父と別れ、三歳の彼をつれたまま米相場師の妾《めかけ》となり、そしてカキヤが添寝していようがいまいが、しゃにむにのしかかる旦那《だんな》とのことを、カキヤの眼にふれさせまいと母はつとめて心を虚《うつ》ろにし、「それが習い性となったんでっしゃろか、不感症になりはりましてん。そやけどなんぼ母が歯アくいしばったって、すぐわきに寝てるぼくにはすべてわかりますわ。ぼくは子供心にもねむったふりしてなあかん思うてね、じっと眼エつむってると、その旦那が、なんや氷みたいに冷めたい女やなアいいよったん覚えてます。それでその後で、母がぼくの方むきまっしゃろ、その胸や手エや、えらいぬくいのに、なんで冷めたいいわはんねやろと、不思議におもいましたわ」

冷めたいせいかどうか、小学へ上る頃に母は旦那とわかれ、以後転々と男を渡り歩く。

「別にふしだらやないんですわ、もう不感症の真似せんかてええようになっても、一度自分で死なせてしもた肌は、二度と再び母に女の喜びをもたらさんようになったんです。高等卒業して、ぼくももう世の中分ってきたし、ええ年してお白粉《しろい》つけて出歩く母に、世間がなんちゅうとうか、よう知ってました、そやけどぼくは恥かしおもわなんだ。ぼくが先きに休んでると夜かえってきて、酒くさい息吐きながら帯もとかんと、ドテッと横になって、ぼくをみはるその眼エは、あの旦那に抱かれながら、穴みたいに何もうつしてエへんかったあの眼エや、あら不感症の眼エですわ、子供をかぼうて不感症になったあわれな女の眼エですわ」

敗戦直後、母は悪い病いが骨にからんでかよいよいとなり寝たっきりのまま、半年後カキヤが風呂へ出かけた留守に死んだという。彼はその後水道管敷設《ふせつ》のちいさな会社へ入り、なんとなく母の想《おも》い出をつづるうち、それはいつしか現実にあった母とはうらはらに、男に抱かれ悶《もだ》え、生命の歓《よろこ》びを誰はばからずうたうその姿となっていたという。

「そうするとなんですか、先生の作品にでてくる女は、あらみんなそのお母さんの面影で」とスブやん気押されてたずねる。

「いやそういうわけでもありませんけど、母が捨てさった女の喜びを、せめて子供のぼくがなまなましくえがいて、これがしがない母への供養《くよう》と申しますか」書きつづった断片を、飯場の親方に発見され、こらおもろいやないか、もっと書けえとひきかえに五十円渡され、昭和二十二年、十六歳のカキヤにはまことありがたく、仕事のあい間に書きためては金に替え、これまたいつしかエロ本書きとしては名をはせる仕儀とはなったのだ。

「でももうあきませんよ、エロ本は先きがみえましたわ」

「いや、そんなことないでしょ、及ばずながら私も売る方を引き受けさせてもろて」と、あきまへんのはいわれるまでもなく湯呑《ゆの》み一つ満足にない暮らしぶりからも、わかりすぎるくらいで、ほんの五年前までは、一本原稿用紙で五十枚一万円の注文が月に十本はあったのが、ここへ来てがたっと減り、それは不況のせいでも、カキヤの才能すり切れたためでもなかった。

「なんしあんた、今時の若いもんはものを知りまへんで」エロ本の印刷製本は、裏町の孔版屋にたのむが、そこの職人がまずカキヤの文章を理解できぬ。「おっさんこの玉の門てなんのこっちゃ」ときかれうんざりと説明すれば、「ああ小陰唇《しょういんしん》のことかいな」とくる。「津液《しんえき》」「つび」「本手《ほんで》」など、いわば約束事の語彙《ごい》はいっさい通じへん。いちいちミもフタもない「クリトリス」やら「バルトリン氏腺《せん》液のぬめりをもって」やらいえまっか、と旧来通りのままで押し通すうち、やがてこむつかしいのを理由に干されたのである。

「文部省がわるいんですわ」と心底悲しそうにこぼす。

ようやく伴的、牌と卓をかかえて戻り、ほないっちょやりまほかとなったが、「ぼくごらんの通りで負けても払えまへん」とカキヤがいい、それをスブやん、「よろしがな、実はちょとお頼みしたいことがありましてな」と、すでにすっかりカキヤを信用していた。

「フィルムつくるさいの生甲斐《いきがい》はなんですか」

モウパイの間にスブやんと伴的、頼みごとを説明し、もちろん一も二もなくカキヤは乗気となったが、裏場《うらば》へ入ると彼はふと牌の手をとめてたずねた。

「生甲斐？ そうやなア、伴的がつくる専門やから、どや伴的」スブやんたずねると彼はうろたえて、「生甲斐は、編集の時かな。こうフィルムつなぎますわな、ここにいっぱつええ顔いれたろか思うて、いったん捨てた奴《やつ》をまたビューワーかけて探す、この時いっちゃんたのしいわ」

「そいで作品でけたら、やっぱしおたく等興奮しますか」

いや興奮はせんなと三人が答えると、カキヤは、「そこがちがうのかなあ、ああそれポン」

「ちがうてどないちがいますんやろ、それクイますわ」

「ぼくは最高にええシーン書きますねえ、そしたらわれとわが筆にもうたまらんようなってオナニーしてしまいますねん」

「ロン、ニイキユウや」とゴキ。

「へーえ、そんなもんでっかなあ」

「そらそうですよ、自分がまずカアーッとならな、人も感じませんわ。自分で書いときながらもういっぺん読みかえすと、もう矢も楯《たて》もたまらんようなって、読みながらゴシゴシやる、これがエロ本書きの生甲斐ですわ」

「ほなら、一本書き上げるのに、うまいことといった時は、何度もオナニーしはるんでっか」

「そういうことになりますな、リーチ」

「そうか、やっぱりわい等も、そういうフィルムつくらなあかんかもしれんな、パイパン」と伴的考えこむ。スブやんはスブやんで、

「オナニーいうたら思い出すな、わいは小学一年入った時やった、校庭のアオギリの木イに登っててん。そしたらベル鳴りよって、早《はよ》う教室へいかんならんと思ううち、なんや股《また》のへんがええ気持になってな、そのままじっとしとったわ。それから癖なって、ベルが鳴るとあわてて樹《き》や鉄棒にしがみついたもんや、女の先生がへんな眼エでみとったけど、あれ気イついとったかも知れんな、いやらし奴や思うたやろな、リーチや」

「すんまへん、当りですわ、メンタンピンドラドラのドンドンで満貫」カキヤが上って半チャン終了。

「わいはおく手やったんかなあ、中学二年の時やったわ」とゴキが語る。

「今はアパートたっとるけど戦前、あこにお宮の社務所あってな、そこの座敷に昼寝しとってん、丁度腹んばいになっとったんやな、眼エさめて気がついたらスブやんやないが下っ腹が、妙な感じやねん。そいでその感じ、そのままやったらすぐ消えてしまいそ

うで、ギュウいうて畳に押しつけんねんけど、もう一つぴんとこん、そのうち匍匐《ほふく》前進あるやろ、あないして肘《ひじ》で体支えてな、脚をひろげて畳にへばりついたまま座敷の中ぐるぐるまわりはじめてな、まあ三十分もやっとったやろか、なんやしらんちょっとでも止ったら消えそうやし、というてそないしとっても、それ以上には良うならん、気イついたら肘も膝も畳で赤むけになってもうとった」

「ぼくは海岸や」もはや麻雀はそっちのけで、それぞれオナニーの初体験語り合って、今度は伴的の番。

「うち須磨《すま》に別荘あってな、海岸でやっぱし腹ばいになっとってんな。ほしたら砂がぬくいやろ、そいでもやもやとなってから、ゴキみたいにはいずりはせんけど、どないにもそのまま体うごかすのんが惜しゅうて、じっと半日腹んばいや、あとで風呂《ふろ》入ったら背中やけつが灼《や》けてからに、痛いのなんので、ピリピリしよった」

「ぼくはわるいことしたんですわ、さっきもいうたように母がよいよいで立てへんかったでしょう、なにも栄養ないから、せめて卵とろかおもて鶏一羽飼《こ》うてましてん」ようやく二日に一箇卵を産むようになり、その殻までカルシュームやいうて母に食べさせていたカキヤだったが、

「その頃、鶏を表へ出したなりやと、よう泥棒にとられよったんで、家入れよ思うて抱

いたんですな、ほしたら、鶏のやわこい毛エと、なんやすくんだみたいにじっとして、すきあったらとび出そうとかまえとるその感じに、急にショックうけて無我夢中で、なんやもう何がどこにあるかもわからんまま――」鶏はケーッと一声高く鳴き叫び、玄関の天井に頭ぶつけ、再びおちてきた時は、すでに死んでいたという。

「ただの一突きで、射精してまいましたわ、そやけどそのために、もう母は卵食べられんようなったんです。もう半チャンやりませんか」

「あ、やりまひょ。そやけどあれ、ちゃんとうまいこといくもんですか。えーと東は誰ですか」

「それでそのかしわどないしました」ゴキがきくと、それはありがたく食べてしまったそうな。

「その後すぐ母は死にはったから、卵より肉の方がよかったかも知れまへん、へいゴキさんチイチャですよ」

「わいが満洲におった時な、馬とやろうとして死んだ奴おるわ」

「馬と？　あ、それポンや」

「チチハルいうとこでな、えらい寒いねん、そこへ馬とドラム罐《かん》運ばれて来よってん。あんまし寒いよって息も白うなるけど、馬のあしこもな、牝《めす》やったらポーッポーッて息吐くのんが見えんねん」

ほな阿呆《あほ》なとスブやんがいうのに、ゴキはたしかに見えたと頑張る。北満のさい果てチチハルの駅構内をうずめつくしてドラム罐が並び、そのはずれに五十頭ばかりの馬がいた。朝まだき明けやらぬ闇《やみ》の中に、牝馬はたしかに尻《しり》からも湯気を吐いていて、それを兵隊の一人が発見し、なにやら奇声を発しつつやおら湯気の源へ右腕を深々と突っこんだのであった。「馬は首を二、三度上下させてからに、ブルブルいうて鼻息ならしよったわ、やっぱし感じよったんやろか、それからその兵隊、馬の尻っぺたによじのぼるみたいにしてかじりつきよってん、馬かてびっくりするわ、ポーン蹴《け》とばしよってから、たま打ってかわいそうに一巻の終りや」

「そやけどその兵隊、よほど自分のもんに自信あったらしいな、馬と張合うほどに」スブやん、まだ疑わしくいう。

「自信もへったくれもないよ、やむにやまれん大和魂ちゅう奴や、ほれリーチ」

「今の若い奴もオナニーやってはるのんかしらん」と、カキヤ。

「そらやってますよ、あら自然現象みたいなこっちゃいうし」

「もっともコールガールのおっさんら文句いうてたな」と、伴的。

「なんでですか、やれやれナガレか」

「今はオナニーやっても体に悪うないていうでしょ。なんや知らん医者がようすすめてはりますがな、あれ営業妨害やいうねんな。オナニーで済まされてもたら、誰もコールガールいらんようなってまう、気イつけてものいうてほしいてな」

ほんまツイてないわ、とカキヤはこぼしこぼしそれでもトップ、スブやん結局八千円を払って、だがこれはどのみち渡すつもりの支度金。今度の撮影現場は芦屋《あしや》の旅館、夏場、海水浴の客やら高校野球の選手を目当ての宿屋で今はシーズンオフ、その大広間自由につかえるところを見込んだのだが、客を装《よそお》うにしてはいかにもカキヤの服はひどすぎる。「まあこれでひとつ」スブやんいいかけるとカキヤ心得て、「さっそく質屋から出して来ます」物判《ものわか》りはいい方だった。

カキヤのアパートから病院へまわると、すでに廊下、受付に灯はなく、深閑と静まりかえった中を、わが靴音だけが心頼み、おそるおそるお春の病室へたどりつけば、看護婦が注射器を片づけるところで、「最前、血イ吐かはりました」という。「血イてどないしましてん」仰天するスブやんを看護婦は廊下へ連れ出し、宿直の医者の話では、胸の病巣《びょうそう》が急に悪化したらしい。

「腹大きい時は下から押し上げられてつぶれてた病巣が、中絶したため元に戻ったんやな。今、丁度睡《ね》むりはったとこやから、今日のとこはこのままにして」いわれるままにスブやん帰りかければ、「あんた、恵子にそこの荷物渡してんか」とお春が情けない声を出した。部屋のすみに風呂敷包みがあり、「これか」「へえすんまへん、うちの汚れもんやさかい、恵子に洗わしたって」「わかったわ、まあ大したことないさかい、気イ楽にしとったらよろし」なんせ睡るこっちゃでえと、思い立ってスブやんお春の唇にキッスすると、かすかに血の臭《にお》いがした。

家へ戻ったが、恵子の姿はなく、ほんの七日ばかり女手を留守にした天井も壁も、ひときわ荒れ果てたたたずまいである。

「景気わるいなア」とスブやん、家中の電燈《でんとう》をつけTVのスイッチを入れ、何気なく風呂敷をひらくと、お春の寝巻きと下着一山で、中絶と、喀血《かっけつ》と、いずれも血にまみれてすさまじい。

鏡の横の、客の洗髪用流しに寝巻きを浸《ひ》たし、片手で無精なもみ洗いすれば、後から後から赤い色が滲《にじ》みでてきりがない。「これやったらそらやつれる筈《はず》や、ひょっとして死ぬんとちゃうか」死んだら恵子どないなるやろ、女房の連れ子と結婚するちゅう話は、あまり聞いたことないけど、別にお春とは籍も入っとらへんし、下宿人がそこの未亡人の娘と一緒になるんやったらざらにあるこっちゃ、三十六と十七歳、今は年はなれとるけど、わいが六十なったら、えーと恵子は四十一か、別におかしないやんか、とへんな具合に考えが走り、やがて、「そや、恵子の服また出しとかんと」撮影は二日後であった。

箪笥《たんす》をあけてセーラー服を探がすと、その抽出《ひきだ》しの一つに、脱いだままの形で、恵子の下着があり、しかも生理の跡歴然とみえる。「なんや洗濯しとかんかい」と、顔をしかめたが、スブやんそのままひたと見入り、やがて鼻を近づけた。「なんや知らん女ちゅうのは、いつも血まみれになって生きとんやな」そして恵子の心の、なにやら暗くすさんだそのさまを覗《のぞ》きみた感じだった。

その夜、恵子は帰らなかった。

翌朝、伴的が撮影台本を持参し、それには稚拙ながらこと細かなコンテまでそえられ、「隆々たる逸物《いちもつ》のクローズアップ」などのただし書きをみると、スブやんかえって虚《むな》しい気がした。なんやしらん伴的一人でよろこんどる、趣味でやっとんのとちゃうでエ、とゴロまきたくなったのだが、そこは我慢。

恵子、病院にも姿をみせず、あんたばっかしに世話かけてとすまながるお春には、「なんやしらんクラブ活動で忙がしいらしいわ」とごま化したが、もちろんスブやんもあいつ男にだまされよったんちゃうか、といらいら気をもみ、だが撮影もすっぽかされぬ。

芦屋の旅館は海辺にあって、窓からすぐ大阪湾に沖がかりする貨物船の列がみえたが、伴的は「こらぐつわるい」と、すぐに戸を閉めきった。うっかり特徴ある風景を画面に入れると、それを手がかりに撮影現場をおさえられ、やがてサッにたぐりよせられる心配があった。大広間の襖《ふすま》には、ここに合宿し、野球大会に優勝したチームの寄せ書きがあって、中央に墨痕淋漓《ぼっこんりんり》と「闘魂」の二字、スブやん思わず手エうって、「こらおもろい、適当なところで、この字イを入れたらどや」と提案したのだが、同じ理由でこれもあかん。

ゴキの連れて来たシロクロの二人は、撮影の準備中いっさい口をきかず、前宣伝通り、シロは珍らしく美人で、しかもこのなりわいにつきものの垢《あか》がみえぬ。「あほやいうとったけど、ええタマやないか」と感心するスブやんに、ゴキは「南のクラブの特別ショウ専門やねん、まだ新顔でな、いうたらセミプロの段階や」ショウなら一万五千円が相場、撮影ははじめてやそうな。

「あのな、この机であんた勉強してはんねん、よろしな、さ、本をこない持って」

伴的まず演技指導にかかったが、シロはまったく表情うごかさず、手とり足とりされるままに、とりあえず机にむかったが、さてどこまで理解したものやら。クロは、ただ気づかわしそうに眺め、ものいいたげだが、なにしろ伴的のせわしく右往左往する姿に気おされるらしい。

「カキヤはん、ライトちょっと動かしてみてんか、そいでええわ。えーとあんたな」ふたたびシロに向かい、「名前、なんちゅうねん」クロはすかさず「理恵いいまんね」「そうか理恵さんか、ええ名前やね、理恵さんここで勉強してる、そしたら恐《こわ》いおっさん入ってきよんねん、あんたびっくりしはるわなあ、まあこんな具合や」伴的は手の甲を自分の口にあて、視線をキッとうごかせ真に迫る驚愕《きようがく》の表情。「さ、いっぺんやってみしょか、ハッとおどろく、口に手エあてる、わかるやろ、恐いおっさん入ってくるんや。びっくりするわ、なあ」

だが、すべては徒労だった。だまって坐《すわ》っていれば、憂《うれ》いをふくむとさえみえるその瞳《ひとみ》も、動きをつけたとたんにドロリと濁り、首は妙にきまらずくねくねと揺れ、さては涎《よだれ》さえ流れては、なるほどどこらほんまもんのあほですわ。

「おっさん、なんかいうたってえな、あんたのいうことやったらわかんのとちゃうか」おっさんと呼ばれてクロは、ようやく救われたようにシロのそばへ寄り、そのまくれ上ったスカートをまず直し、ライトに照らされてにじんだ額の汗をふきとり、そしてドロップ一粒をその口へ押し入れた。シロは、ニコリともせず石を砕く如《ごと》くバリバリと、激しく噛《か》む。

「簡単なこっちゃねんけどな」いささか扱いかねた伴的に、「やれるのんは、オメコだけですわ」おっさん、低くつぶやいた。

「えらい暑いで、ちょと窓あけてんか」スブやんがいい、カキヤもほっとして雨戸を繰る。シロはその音に頭をめぐらせ、ふらふらと立ち上ると、「ワア、ウメやウメや」とはじめて声をもらし、わずかに感情が顔にみえた。

「海が好きですねん、海のそばで育ちよりましたから」クロがいう。

「こらえらい遠いとこまで来てもろてなんやけど、ちょと具合わるいなあ」と伴的。

「どやろ、あんたらがいつもやってはる式のんで撮らしてもらおか、そのかわり、金は安うなるけど」

スブやんは、伴的のやけに張り切ったプランがくずれて、いささか小気味よく、いかにもおうようにこういうと、「よろしおま」男はうなずいた。布施の医者の注文とはいささかちがっても、そうそううまい具合に世の中万事運ぶもんやない。不服やったら他へまわしたって、なんせ女が美人や、誰もあほとは気づかんやろ、そや、女子大出た女かて、涎喰いのあほかて、あれやってる時は同じこっちゃと、スブやんはファイトをもやす。

「なんせこの理恵さんには、机にむかってもらおか、そいでおっさんは泥棒や、覆面して忍びこんで、急に襲いかかる手筈《てはず》にしよ、おっさんの方が万事リードして、なんとかかっこつけてくれたらよろしいわ」

いくでえと再び戸を閉め、三台のカメラのうち二つは伴的、一つをカキヤが受けもつ。泥棒が白衣着とってはおかしいと、あらためてクロを自前のジャンパーに着替えさせ、日本手ぬぐいを頭にかぶり鼻で結ぶ古典的スタイル。

「さ、理恵ちゃんはここに坐《すわ》ってんねんで、ほなシーンナンバー一いこか」

マジックで「シーン①」と書いた紙をゴキがさし出し、伴的まず三台のカメラにこれをおさめる。女は疲れたのかうつらうつら舟を漕《こ》ぎ、「よし、このままいきまひょ、勉強に飽いた女学生を襲う暴漢ちゅうわけや」カメラは女の横顔からパンダウンして、その足首までを刻明になめ、そのままひくと、わきに立ちはだかるクロの両脚、つづいて覆面のクローズアップまで、「舌なめずりなんかして、そのまま女に近づいてとびかかる、合図するまでかまへんからどんどん乱暴に洋服脱がしたって、迫力出してたのんまっせ、カラーやさかいなあ」簡単に説明してさて本番。

だがここでも計算が狂った。クロは、まるで赤ん坊ねかしつけるように、やさしくいたわりながら女の服に手をかけ、さすがたまりかねてスブやん、「あかんあかん、リアリティないわ、カメラストップ」と怒鳴り、と、その声で目覚めたシロは、キーッと悲鳴をあげる。クロもおどろいて、「どないしてん、どないしてん」心配ないがなとあやすが、静まらず、このたびは真に迫る恐怖の表情をみせ、首を振り後じさりし、クロが肩に手をかけたのをふり払い、身をもがき、座敷のすみに身をすくめる。クロはようやく気づいて、「これかこれがこわかったんか」と手ぬぐいをとると、ようやく叫びやんだ。

「さよか、それでびっくりしはったんか」

感心したようにゴキがいい、カキヤは女に蹴倒《けたお》されたカメラの三脚を呆然《ぼうぜん》と立て直す。

「こらあかんで、しまつにわるいわ」

伴的不機嫌にいうのを耳にしたかどうか、クロは女のスカートの下に手をさしのべて、太ももから膝《ひざ》のうらにかけて、ゆっくりと掌をすべらせ、女はたちまちうっとり眼閉じ、その感触をひたすらむさぼるごとく、やがてキリキリと歯をきしった。

「どないなっとんやこれ」と伴的流れる汗をふき、立ちつくす三人をながめわたしたが、いずれも言葉はない。

「なんせこういうわけでっさかい、とてもお役には立ちませんでしょう。そやけど、せめてものことやから、うち等の常にやってるショウの方、ひとつやらしてもらえませんか」

単なるシロクロなら、なにもフィルムに仕立てる必要はない、だがこの二人のとりあわせ、いかにも異様で、伴的のカメラワークあるいは生かす余地ないかも知れぬが、まあ手ぶらで帰るよりは増し。

クロは自分のレインコートを畳にまずのべ、その上にシロを坐らせると、しずかに女の服をはいだ。なれきっているとみえ、一つ一つきちんとたたんでわきへ置き、最後に薔薇《ばら》の刺繡《ししゆう》ほどこした下着だけにさせたところで、自分も裸になる。と、それを合図のように、シロはまだ立ちんぼのままの三人にこっくり頭を下げ、つられて一同もうずくまり、もっともカキヤだけはあわててカメラをセットする。

クロはシロをつつみこむように、背をまるめて膝にだき上げ、シロはまた首をすくめクロの胸に体をうずめる。その腕から肩、そして乳房、腹、脚とまじないの如《ごと》くクロの掌がうごき、いきつもどりつまだるっこしいほどに時間をかけた。伴的も立ち上り、あわててカメラをのぞきこんだ。シロクロにしてはえらい風変りで、こら売り物になる。シロの体つき、やはりどことなく奇型じみていて、胸はうすく、そして腰は別あつらえのように肉置《ししおき》ゆたかに、くぼみの翳《かげ》は、まるで黒い焰《ほのお》の如く体の上部に向けそそり立っていた。しばし後、二人はブランコにでも乗っているかのよう、ゆったりと前後に揺れ、竜飛虎歩《こほ》するかとみればまた腐鼠《ふそ》揺動し、クロの鴻雁翺翔《こうがんこうしよう》のたびにシロは太くうめき、時折りその右の脚が気まぐれに膝からピョンと跳ね、クロは眼を見ひらいたままで、しかしなんの形もうつしてはいないようだった。

「気イついたら肩凝ってたで、あのおっさんなんやお経誦《よ》む坊主《ぼうず》みたいな顔しよってからに」とカキヤは溜息《ためいき》ついていい、伴的は「あんなシロクロ観《み》る奴《やつ》おんのかいな、まあフィルムはまわしたけどな」けったくそ悪そうな表情だった。

ショウの代金一万五千円を払って二人を帰し、クロとは改めて約束をした。女のモデルならまだしも求め易《やす》い、男役は貴重である。

手っとり早く後を片づけて、旅館を出ると、波打際《ぎわ》を走る護岸堤防がそこだけ百米《メートル》ほどとぎれ、海水浴のためだろう、ほんの少々砂浜の残されている水ぎわに、シロクロがいて、スブやん一行には気づかず、暮れなずむ春の海をみつめ坐りこんでいた。

「あんたら先き帰ってんか。わい、ちょと寄るとこあんねん」どうせ来たついでだからとスブやん、「処女屋」のおばはんを思い出したのだ。

おばはんの家は国道のねきにあって、阪神電鉄のこぎれいな建売り住宅、よほど処女をまわして稼いだらしい。味をしめた重役が次ぎの出物をやたらとせっつき、それはまあ気をもたす意味でのばしていたが、他にも女の注文は繁《しげ》くあって、ここはひとつフィルムを伴的にまかせ、どうせのことならぼろいもうけの女扱《あつこ》うたろかと、スブやん内々に考えていた。

「そらなんちゅうたかてタマをそろえるのが先決やわ」おばはんは、話を聞くなりいった。おばはんのスカウト法は、たとえばデパートのネクタイ売場へいき、どうみても五十をとうに越してみえるその姿で、「えらいこと相談しますけど、実はあんた私に若い恋人ができましてねえ」プレゼントしたいけども、どんなんええか見当つかへん、ひとつあんたネクタイ見立てたってくれませんか、年頃は丁度おたくに似合う男性やねんけどと頼む。それで売り子があからさまな嫌悪《けんお》の色をみせるようならそれはあかん、そやけど中には、「わあすごいわあ、うちらもぼやぼやしとられへん」と、蓮っ葉《はすぱ》に話をあわすのがいてこれが狙《ねら》い目。次ぎに十日ばかりしてあらわれ、「いややっぱし年甲斐《としがい》もないことするもんやないわ、きれいにふられてしもた」ああどうも気分がくさくさする、もしよかったら、晩御飯でもつきあってくれへんか、いや心配せんでも私は自分で事業してるから懐《ふところ》は大丈夫と、ここでそのこれみよがしな指輪や、まがいのミンクがものをいう。こうして連れ出し、女の性格、ボーイフレンド、家庭状況をきいて、いけるとなったらもちかけるそうな。要するに「甘い生活の味をちょっとみせびらかしたったら、今の娘《こ》ウはすぐ割り切りま」とのことだが、まさかスブやんにはその真似《まね》はでけん。「やっぱり資本と時間かかりまんねんなあ」とぼやくと、「新興宗教はあかんで」おばはんにたりと笑っていった。ある教団では地区毎《ごと》に信者が集まり、お互いがその生活やら不満をのべあう。他人の、自分に劣らぬその不幸な告白をきくことで心の慰めとするらしいが、ここに首をつっこむと、なんでもわかってしまう。「私も一時利用しようおもて入ってんけど、こっちはそんなことせんでもタマ拾えるしな、途中でやめてしもた。そやけどあんたがまず手がけんねやったら、あしこはええ思うでえ」新興宗教なら、お春がしつこく勧誘をうけていた、いっちょひやかしたろうかい。病院よりも恵子が気になって、まず家へかえると、恵子はスーツケースに衣服を詰めていた。

「なんやお前、それ、なにしとんや」それまで家出しよったんではと考えぬでもなく、てっきりそうかとあわてたが、テキはしれっと、「お母ちゃんとこ泊りにいくねん」

「なにもあんた泊りこむこともないやろ」

「そうかてあぶないもん」あぶない？　ときさかえすと、「そうや、考えてみたら母の病気中に養父にうばわれるいう悲劇ようあるやん。うちそんなんかなわんよって」あほいえと怒鳴ったが、さりとて恵子を無理にひきとめる口実もない。「ほなまあええようにしい、疲れたらここへかえって泊ったらええ、それになんやったら、ぼくが他所《よそ》へいってもよろしいわ」

「留守にあんまりうちのもんいらわんといてな」いい捨てるなり恵子はさっさとケースぶらさげて表へ去る。

闇《やみ》の中にとり残されて、スブやん妙に腹立たしく、立ち上ると恵子の箪笥《たんす》ひっかきまわし、先だってのエロ本をとり出すと読みふけり、われとわが身をしごきつつ眼をつぶった。

教団へは、水戸でもと鳴らした芸者というのが一つ覚えの八百屋の女房が手引きをした。週に一度寄り合いがあって、スブやん早速顔を出すとそこは洋服屋の二階、十数人の信者が集まり、はっきり二色に分かれている。一つは中気の大工を亭主にもつ五十がらみの女、年若い夫に逃げられた看護婦あがり、娘が縁談がこわれつづける老婆《ろうば》、兎唇《みつくち》の百姓、肺病で休職中の税務署員など年輩者のグループと、一つは学生も混じえた若い組、この中に二人女性がいた。

「では皆様、まず夕べのお祈りをいたしましょう」

寄り合いをとりしきるのは、教職員組合出入りとかの、洋服屋主人。これも戦傷で片脚がなく、しかしいかにも血色よく、壁にしつらえた祭壇にむかって、まず両手を頭上にかかげ、ついで掌で丸をつくりその中に顔を伏せるという独特の礼拝をしてみせる。

へあら尊やなありがたやな今日一日のお恵みを、われら頂戴《ちょうだい》つかまつり——歌とも経文ともつかぬ節まわしの合唱が起り、スブやんほとほと閉口したが、しかし若い女二人が、どのような身の上物語るか興味深い。

洋服屋の説教めいたしゃべりの後、各自の布教活動についての報告があり、次いで本題の告白ごっこに入る。まず、中気大工の女房が、しゃべらぬうちから涙うかべて立ち上り、「うちは三人の男を育て上げましてな、それぞれようよう一人前になったおもたら、もうこれで楽できるおもたら、あんた、今日びの息子は親に鼻もひっかけようらん、こないだもうちにむかって手エさえふりあげますねん。うちはもう情けのうて、ああ、えらい男や、現在の母親に手エあげるとは、えらい男やいうたりましてん、お父ちゃんさえ丈夫やったらこんな情けない思いせんでもええのに」と後は鼻水すすり上げて声も出ぬ。出る話すべて、銭単位の内職仕事と一万そこそこの生活扶助に支えられた貧乏くさい話、しゃべり終えると、洋服屋はいちいち、「人をいうまいそしるまい、すべてわが身を出てわが身にかえる輪廻《りんね》でござる」と、なぐさめてるのか突っぱなしてるのか、それでもおのおのうなずいて、例のお辞儀をくりかえす。やがて女の一人が立ち上り、年の頃二十五、六、ややえらの張った執念深そうな顔立ちにスブやんこれは見送り、つづいての一人は二十一、二か、扁平《へんぺい》な面だが色白く標準語をしゃべる北海道出身。

物語るのをきけば、生家は札幌のそば屋で、気に染まぬ結婚をきらって家出、大阪は守口の靴下工場へ勤め、寮生活も二年目の去年の暮、工場は倒産してさて先き行きのあてはなく、寮も負債のかたに押えられ今日明日にも立ち退《の》きの催促、売り喰いのたねも今はつきて、「これからはあったかくなりますからたすかりますけど、もう今着てる洋服一枚のくらしで」とこの女、寄り合いを職安と心得ているようだったが、別に誰もあやしまぬ。

「心配せんかてよろし、今日ここへ出られたのもありがたい仏縁です。姉ちゃんやったらいくらも勤め口おます」と洋服屋気のせいか助平たらしく頬をゆるめ、となるとスブやん、「なんや人の商売じゃまする気イか」と、はやこのタマをわが手のものとする心づもりで気がせく。

なんせこらもう善は急げやと、寄り合い終ってすぐに女の後を追い、守口も淀川の堤防に近いごみごみした古アパートに入るのを見届けると、とってかえして果物一籠《かご》仕入れ、これが手土産。なにうまいことといかんかったら持ってかえって、お春の見舞いや。

「ごめん」と声をかけると、他に住む者はないらしく、二階から当の女が降りてきて、スブやんはうやうやしく名刺をさし出す。顔に覚えはないらしく不審そうな表情するのを、おっかぶせて、「えー松江さんでしたね」と、その自己紹介した時覚えこんだ女の名前をなれなれしく呼び、「事情は前もってうけたまわっております。いえ私も同じ信者で」と、さも教団からの指令、ありがたい功徳《くどく》のごとく装《よそお》い、「もし怪しいとお考えでしたら、今夜はこのままひき下ります。明日にでもこの名刺の番号に電話してみて下さい」とまでいわれては松江も信じる他なく、ちらかしてますけどと部屋に請《しょう》じ入れる。松江はすでに寝巻きに着かえ、それはせめて残した一張羅の服を汚さぬ心づかいらしくおよそ無一物の室内に、壁の洋服とカレンダーだけが色どり、他に教団特有の祭壇がいかにも安っぽい肌理《きめ》をみせて置かれていた。

「ずばり申し上げます。松江さん結婚なさるおつもりはございませんか」果物籠さし出しながらスブやんはいった。いろいろ御不幸な事情のおありになったことは、はっきりいうて存じてま。誰からということでなく、これも仏縁と考えて下さい。とにかく松江さん、このままではあなたは危ない、今まさに転落の瀬戸際《せとぎわ》にいてはるのや。

「といいますと」松江がききかえすのに、「女は誘惑に負けやすい、いやいくらしっかりしとっても、女一人生きていくのはえらいことですよ。たとえば松江はん、新聞みてどこを読みはりますか、アルサロ、クラブのホステス募集ちゃいまっか？　衣裳《いしょう》貸与経験不問千円保証なんたらいうおいしい文句に、心うごかされてはるのとちゃいますか。あぶないあぶない、こらあぶないことでっせ」

少しは図星らしく松江は視線をおとし、フッと息を吐く。そや、なんやったらこの果物でもむいてもろて、くわしくお話しましょ、別にいやなこと押しつけるのとちゃいます。話だけきいて下さい、と後は口からでまかせに結婚をすすめ、当座のお小遣いだとスブやん五千円を渡し、狐《きつね》につままれたような松江だが、しかしつっかえすには明日のめどもつかぬ今日の暮らしぶり、「五千円使いきった頃に、もう一度来てこまそ」との胸算用。

シロクロのフィルムは、伴的苦心の編集でどうにかつじつまあわせ、カキヤこれを「捨小舟《すておぶね》」と命名。あの二人の絵姿、いわれてみればなんとのう波の間に間に漂い流されている感じであった。

伴的はクロを起用し、一刻も早く布施の医者の注文フィルムを仕上げたいらしく、そしてしきりに、「つくったわいが見て、そのできばえに興奮するようなフィルムやないと、ほんまの傑作やないわ」と、カキヤのうけ売りをのべる。スブやんにしてみれば、金を出しているだけに、これがかちんときて、「そらあかん、そら個人の趣味ちゅうもんや、わい等はやっぱし餓鬼どもがピーンとなる作品をまず第一に考えなあかんて」といいかえし、だがふだんおとなしい伴的珍らしくいきり立って、「まず自分が惚《ほ》れこむ出来やなかったら、いくら餓鬼にかて通用せん」「あほ、何をどないにつくったらええかは、わいが心得てる。伴的もわいもフィルムにかけては玄人《くろうと》や、その玄人が手前のチンチンのためにつくってたら、素人《しろうと》にはわからんもんできてまう」とお互いゆずらぬ。「そんなに興奮興奮いうけど、伴的フィルムでもみなんだら、しゃんとせんのんちゃうか」と、最後にいやがらせをいうと、みるもあわれに伴的しょげこみ、坐《すわ》り直して、「そやねん、映画撮ってる時、編集してる時だけ立ちよんねん、姫買いにいってもなんやあかんわ」

あほちゃうかと笑いとばし、あんまし根つめるからや、気楽にやったらええねんと、ようやく胸がすいた。

とにかく医者のフィルムは伴的とカキヤ、それに陽気がようなると、また油虫の幼虫などマッチ箱へ入れて持ち歩くゴキにまかせ、スブやんは松江の色よい返事を待ちつつ、しばし御無沙汰《ごぶさた》のお顧客《とくい》に顔見世。

「どや、今夜ちょとつきおうてくれへんか」スブやんの顔みるなり、待ちかねたように声をかけたのは、コピー・ライターの兼坂、三十そこその若さで梅新の裏に事務所をかまえ、盆暮にはスポンサーへの贈物として、大量に「山羊《やぎ》の瞼《まぶた》」「りんの玉」「変型サック」を買《こ》うてくれる上客だった。「あんたの話したらな、丸万産業の重役が是非会わしてくれいいよんねん。ええとこ来てくれた、わし今夜暇やし、つきおうたってえな」

それが癖の有無いわせぬ強引さで誘う。これすなわちスブやんのビジネスの中では、幇《ほう》間《かん》部門というべきもの。つまり、酒席に侍《は》べって、ありきたりの刺激では物足りぬ餓鬼を相手に、嘘《うそ》八百の好色話をきかせるのである。七時に宗《そう》右《え》衛門《もん》町の料亭でおちあうことに決め、つづいて本町のプラスティック会社に寄って販売店サービスのためのエロ写真七十組売りこの口銭一万五百円、他にもうけにはならぬが七軒ばかり「丁度近くまでまいりましたので寄せてもらいました」と手土産がわりにカキヤ手持ちのエロ本配って、これは先き先きの布石。一日駆けずり歩いてタクシー代三千九百円、ブツを身につけている時は、たとえ眼と鼻の距離でも車を利用するのがスブやんの信条、街頭に長くいればいるほどやばいからである。

こっちがいつパクられるかも知れんなりわいだけに、たとえ一分でも約束におくれれば、客はことさら気をまわし、それがつもりつもって不信の気持いだかせると考え、もし御《み》堂筋《どうすじ》など車がこんでわずかでも間にあわぬとみきわめると、わざわざ車を捨て先方へ連絡する細心さも、スブやんは身につけていた。この夜も七時五分前に、兼坂と約束の料亭へ姿をみせ、座敷へ通るとすでに客が待ちうけていて、何と前評判を立てたか、床柱背負った二人はいかにも珍奇な動物ながめる眼つきでスブやんをみる。

「まあひとついきまひょ」とビールをすすめられて、「いえ、いただきません、無調法でございます」と断り、ひきとって兼坂は「いやこの人は、酒を飲むと精力が弱まるいうてやらんのですわ。特にビールは女性ホルモン入ったあるから絶対に飲みよらへん」とんといきの合った漫才である。

「フーンそうするとまむし酒やったらよろしいのちゃうか」スブやん小首をかしげて、「あれもまあ気のせいとちがいますでしょうか、効くと思えば効きますし」「ほな、あんたは別にこれという精力剤はのんではらへんのん」「精力剤ではございませんが、生のお肉と、まぐろのトロには眼エがありません」「なるほど精進がちゃうわこりゃ」とどのつまり生の牛肉がはこばれ、スブやんこれも芸のうちと卵と共にすすりこみ、ほどよきところでトイレットにかくれ用意の胃腸薬を服用する。あまり腹はつよい方やないねん。

「そうでんな、おもしろい話いうても、皆様たいていのことは御存知でしょうが、まあ私の経験では、いちばんスリルあったんは輪姦《りんかん》ですやろか」

ひと膝《ひざ》のり出す客に、スブやんまずは淡々としゃべる。

「人数は三人がよろしな、これ以上多いともうねえ」と顔をしかめて言外に意味もたせ、「女を押さえる時のこつは、まずパンテ」これはわざと野卑に発音し、「脱がしてしまうのがよろしいようで、まずさっと」ここらあたりから身ぶり手ぶりよろしく、「手エをのばす、必ず女性は腰をひきます、そしたら突き出たヒップの方からすいっと皮むくように」もし前から下げようとするなら、必ず尻《しり》のでっぱりつっかえて難儀すると笑わせ、後は荒唐無稽《こうとうむけい》の輪姦の描写。座敷の上にあるいは腹ばい、及び腰となり、なまじスブやん、ちょっと見にはごく平凡なサラリーマン風であるだけに、リアリティがあった。いわば素踊りであって、客はスブやんの所作《しょさ》を追い台辞《せりふ》をききながら、頭の中に各人勝手な、極彩色の修羅《しゅら》絵巻をくりひろげ、われとわが妄想《もうそう》のとりことなって、たけり立つのだ。フィルムやショウを見飽いた連中には、これがよく効いた。

「おおきにおおきに、これとっといてや」と幇間料一万円うけとって表へ出ると、さすがに疲れていて、なじんだお春の肌が恋しい。

きっかけつけて一週間後に松江から、堂ビル裏の事務所へ電話があり、それは単に「喜早さんいらっしゃいますでしょうか」との問いあわせだけだったが、手応《てごた》えは十分。早速アパートへ押しかけ、「結婚といいましても、これだけは御縁のもので、それにまあ女房に死なれて乳呑児《ちのみご》かかえたやもめのもとへ片づくんやったらこら話は簡単や。そやけど松江さんはまだ若い、ここはひとつ割切って契約結婚にふみ切ったらどないでっしゃろ」契約？　とややむっとしたのを、「一年なり二年なり期限きめて、文化アパートで気楽に暮らしはったらよろし。もちろん相手は心配のない一流の紳士方を紹介さしてもらいま。そのまま縁あって一生連れそうこともあろうし、気に入らなんだら辞めるのはあんさんの自由意志。どないやろ、こういう線で一度お見合いしてみては」言葉を切って、荒れ果てた室内をあらためて思い入れよろしく見まわす。立ちのきの期限はとうに切れた筈《はず》だった。

「お見合いといっても、私こんな具合で」「ええがな、べべのことやったらなんとかさせてもらいます、なにごとも仏縁ですがな」教団をだしにしてまるめこみ、あらためて衣服代一万円、前とあわせて一万五千の金か、どうあがいたって逃れられぬ蜘蛛《くも》の糸。

松江の相手には、TVのライターを予定していた。「お気に召さんようでしたら、そちらから直接五百円だけ女性に渡して下さい。なんせほんまもんの素人さんでっさかい、急に用がでけて今日は具合わるい、これで食事でもしてくれとかなんとか口実つくって、絶対に心を傷つけんようたのみます。OKやったら女性に六千円、私は二千いただかせてもらいま。それで以後は彼女と自由に交際してくれはってよろし、なるべくやったら長いつきあいを、女性ものぞんではりますわ」と口ではいうが、言葉通り長くつきあわれたら、初めの口銭だけで商売にならん。だが、スブやんを通して女を買うほどの色餓鬼、まずウラをかえすことなどなく、タマは自然と効率よく回転するに決まっていた。

「あんたかて娘やないねんから、こういうおつきあいが顔あわせて、それでさいならちゆうわけにもいかんと、こらわかってくれまんな」北海道から単身とび出した事情、およそ察しはつくから、高飛車にいいくるめ、「なんせ縁ものですよって、話のまとまらん時は勘弁して下さい。そのかわりお礼はきちんとさせてもらいま」と、両者を南の喫茶店でひきあわせれば、そのままごく素直に二人は細い小路通って温泉マークへ吸い込まれ、「一丁上りや」と、このビジネスもどうやら軌道にのった。

伴的のフィルムもとんとんと進み、現場におらんかってんから、せめてラッシュなとみてほしいと、主演のクロにおなじみのモデルもまじえ、試写をスブやん宅で行う運びとなる。

どこをどう手づるたどったか、医者の注文通りの、いかにも女学生の部屋らしく人形飾り、レースのカーテンも派手やかなセットに、芦屋とはうってかわって荒々しいクロと、いい加減手慣れたモデルの相うつさまは、未編集とはいえすさまじく、伴的の執念がこめられているようで、「どないや立ったか」とスブやんたずねると、「まあな、ちょとええやろ」会心の笑みをもらす。「こらすごいわ、本年度ベストワンやで、高《たこ》う売れるで」「まあ待っとって、これだけフィルムあったら、三本はとれるよってな、クロのおっさんの衣裳かて白衣だけやないやろ、医者の注文の他に、ちゃうストーリーも編集できんねん」二人しゃべりあうところへ、フト、スクリーンのあざやかな色彩に黒い影がたちはだかり、と、その影はスクリーンをはたきおとし、さらにしみだらけの壁にうつるクロとモデルの痴態につかみかかるようにして、爪《つめ》で壁土をかきむしる。それまでひっそりとクロの後にひそんでいたあのあほのシロ、理恵であった。

カキヤはあわててプロジェクターをとめ、電気をつけると、たちまち消えさった写し絵をなお追い求めるように理恵は手足ばたつかせ、ふりむきざまストンと腰をおとして、荒い息を吐く。そして定まらぬ視線をクロにむけ、四つん這《ば》いのままにじり寄って膝に乗り、はや首に手をまわし、体を前後にゆすり立て愛撫《あいぶ》をせがむよう。

「どないしてんな」と呆然《ぼうぜん》たる一同に、「や、やきもちやかはったんとちゃうか、いつも自分を抱いてくれるおっさんが、他の女とやりよったから」ゴキがいった。

「わるかったわるかった、もうせえへんでえ、かんにんしいや、お父ちゃんわるかった」クロはしきりに理恵の背中を、あやすようになでさすり、「お父……」耳ざとく聞きつけたスブやん、「お父ちゃんて、あんたら親娘《おやこ》やの」

男は低い声でいった。「別にかくしまへん、ほんまの父と娘ですわ」

クロは淡路島洲本《すもと》に近い漁村の出で、生れついての漁師、昭和十八年、みごもった妻を残して出征し、二十二年シベリアから帰ってみると、娘を両親に預けたまま妻は行方《ゆくえ》知れず。探がすにも当てはなく、育ち盛りの理恵と二人、遍羅《べら》、鯖《さば》、鯒《こち》相手の漁師をつづけるうち、熱の出たのを男親の悲しさで見過ごし、気づいて医者へかけつけた時は、九死に一生を得たのが奇跡の脳膜炎、だが知能は以後幼児のままにとどまる。

「こないいうてはなんやけど、ちんこい頃は、いつも静かで、さぞかし﨟《ろう》たけた美人になるやろいわれたもんです。母親おらんさかいえらいさびしがりやでねえ」それが以後は腹が減ると動物のように叫び立てるだけの人形同然、だが年頃になればむごいことに女のしるしもあり、体付きふくよかに丸みを帯び、その理恵を、クロの漁に出た留守をねらって旅の男が犯した。醜くければまだしも、人並み以上の容貌《ようぼう》をもったあほの女は、ただ男にもてあそばれるためにのみ、生きてきたのかも知れん。

「死のか思うたこともなんぼかありま。そやけどこれは海が好きで、これをかかえたなり沖へ出ても、わいは漁師やからいっこも沈まん、そこへもってきて理恵は、まるで魚みたいに喜んで、わいにすがって二時間も三時間も浮いてまんねん、死ねまへんのや」あほはあほなりに初めての男を慕うらしく、だがその見分けはつかず、浅ましい姿と声で相手かまわずすがりつき、村の若い衆の間をたらい廻し。

「とうとういたたまれんで、大阪へ出てきましてん、あてはなかったけど」そしてクロは、理恵の生きるしるしのその体のかわきを、やがて満たしてやるようになり、娘のただ一つの喜びを与えてやることに、なんのためらいもなかったという。

「わいは、他《ほか》に能もないから、娘とシロクロやってま。そやけど、金ためたらどっか誰もおらん海へ行って、理恵と二人きりで暮しますわ。わいが理恵だく時は、わいは女やおもたことない、娘や、娘かわいがってる親の気持ですわ、親の——」

クロは、むずかる赤ん坊にミルクを用意するやさしい声で、理恵をよんだ。

「家かえろ、すまなんだな、家かえるんや、わかるやろ」首にしがみついたなりの、理恵の指一つ一つこわれもん扱うようにはなし、そのまま掌にくるんで、二人は立ち上った。

「わい一生懸命やりますわ、また仕事あったら呼んどくなはれ、理恵だけやない、わいかてほんまこれより他に、できるもんあれしまへん」

最後は自分にいいきかせるようにいい、去った。

「なんやおかしおもたわ、親子やて、けったくそわるい話やなあ」伴的われにかえるといそがしくスクリーンをかけ直しながらいう。「なにがけったくそわるい」きまったるやないか、どこの世界に親子でシロクロ観《み》せるちゅう話あるか、伴的なおもいいつのる。「他にどないせえいうねん、親と子オがしたらあかんて誰が決めよってん」いいかえすスブやんにゴキも加勢して、「そや、日本の神様《さん》なんか、親子兄弟入りまじってえらいもんやで」「そらそうでしょうな、そもそもいっちゃんはじめの人間は、親子でもなんでもそんなことかもうとられんかったわけやろし」とカキヤも尻馬にのる。「男親いうもんは、女の児《こ》でけたら、いったい誰がこの娘ものにしよるかいうて、まず思うそうや、産室ではじめてみた時、すでにそう考えるいうのんは、こら娘を人にわたしとうない気持あるからちゃうか」スブやんは恵子に対する自分の感情を、ここで一気に正当化するようにまくしたてる。「うちはそうは思わんな」煙草《たばこ》くゆらせながらモデルがヒョイッと口を出し、「あのおっちゃん、あれでええ具合に楽しんでんのちゃうか、なんやごたごたいうてたけど、そらなんとでも理くつはつくがな」いい捨てて一息煙を天井に吐いた。

「ほなあの『捨小舟』もういっぺんよう観てみよか」とカキヤ、「あのクロのおっさん、女やおもて娘だいてたんか、それとも娘やおもて娘だかはったんか」あほ、そんな区別つくもんかとスブやんさけんだが、結局あらためて観察することになり、写し終えて男どもさらにわからなくなったのを、モデルは明快に結論を下した。「どんな親娘かて、どっかは似てるもんとちゃう？　あの理恵いうあほと、クロのおっちゃん、まるで似たとこないやん、あれ、どっかから精薄の女ひろうてきて、お父ちゃんになりすましとんかもしれんよ。親娘のシロクロいう噂《うわさ》たったら、尚《なお》のこと金ようけとれるし」スブやんは、女に男親の気持わかるかいといらいらして、だがどう反論したもんかわからん。

とにかくフィルムの処理は伴的のええようにまかせ、一同が帰ると、入れちがいに恵子が顔色かえてとびこんできた。

「お母ちゃん、お母ちゃん死んでもた」

乗りつけたタクシーをそのままもう一度元の道へ急がせ、病室に駆け入ると、お春は医者につきそわれていて、だがまだ死んではいなかった。大量の喀血《かっけつ》で気管がつまり、呼吸困難を起して土気色にかわったその表情から、恵子はてっきり死んだと思いこみ、スブやんに報《し》らせるというよりは、逃げ出したのだ。

「なんせ体も衰弱してはるし、肺炎を起す心配がありますねん」そうなったら生命《いのち》はないとずけずけいう医者の言葉に、そんな肺炎やったら辛子の湿布するとか、湯気立てるとかしたらええのにと、スブやんもうろたえていた。

近づく母の死に、恵子は悲しむより脅えきっていた。ゴロゴロと喉《のど》を鳴らし、眼だけ時折りうごかすお春をそのままに、病状がかわりましたらすぐ報らせて下さいといって医者はすげなく消え、残されたスブやんは一つしかない椅子《いす》にすわって、せめてもの支えにお春の金火箸《かなひばし》のような腕をさすり、もう一方ではこまかく震えつづける恵子の腰をひきよせる。

「なあお春、恵子はわいが面倒みたる、安心してええわ、商売も順調やしな、お春きこえるか、どや、ギュッと抱いたろか。わいに抱かれたら直るかも知れんで」と、さすがに添いぶしこそしないが、上半身をかがめてお春をかかえ、「わかるか、わいが抱いてんねんで、ええ気持やろ、なあ、ええ気持のうちは生きてるしるしや、そういうもんや」右手をさしのべ、胸やさらに下半身なでさするうち、気のせいか呼吸が荒くなり、「そうかそうか、まだわかるんかいな」と顔を寄せると、お春は顎《あご》を小刻みにふるわせて、まごうかたなき臨終のようす、「恵子お医者さんや」とさけび、恵子鼻をすすりあげて廊下へ走り出るとすぐ、お春は唇を半開きにしたまますべての動きをとめ、駆けつけた医者もただ「お気の毒です」と目礼するだけだった。

三

遺体を家に運びこみ、こうなるとかえって恵子はおちついてみえた。放心しきって、まだ悲しみにひたるゆとりもないのかも知れぬが、役場で火葬許可証をとり、葬儀屋へ連絡し、米の粉百グラム買って枕団子《まくらだんご》をふかし、こまごまと動いて、何の役にも立たんスブやんを尻目《しりめ》に、魔除《まよ》けの刃物に商売柄、仏の手垢《てあか》のしみたかみそりまでそなえる。

「親戚《しんせき》に知らせんならんなア」

「ええやんか、あんなん。お母ちゃんつきおうてなかったもん」お春の兄や従姉《いとこ》、大阪市内、寝屋川伏見あたりにいたが、連れ合いに先き立たれた女が、下宿させた男と乳繰りあいよって、ええ子供もおるくせにと、お春の生前てんから相手にしてもらえず、

「いうたらそれもわいのためか」とスブやん心苦しかったのだが、恵子はきっぱりと
「うちと、お父ちゃんだけでお通夜《つや》したろ、その方がよろこびはるわ」

はじめて恵子の口から、お父ちゃんと呼ばれたのだが、スブやんあまりすんなりいわれたせいか、気づかぬ。

「それでも二人やったらすこしさびしいやろか、お父ちゃんの知り合いに来てもろたら」恵子がいい、ビールとお寿司《すし》いうとかんならんとえらく気がつくのは、子供心に実の父の葬儀をしっかりと見ていたからであった。

「葬儀の祭壇《さいだん》は三段、お燈明《とうみよう》は少し多目にしたって、暗いと映えんからな」「果物はこっちで買うわ、カキヤはんに半生まの菓子たのんできてもらおか、二十二いるねん」報《しら》せに応じた伴的、ゴキ、カキヤ、中でもゴキは万事てきぱきとりしきって、スブやんが

「なんで菓子二十二いるんや」ときくと、「二つに分けて十一ずつつみあげた時、いっちゃんかっこよろしわ」と、すべて心得たもの。ビール冷やすのは冷蔵庫では間にあわん、氷買《こ》うてきて風呂《ふろ》の水にぶちこみ、その中に入れたら早《はよ》う冷える、寿司はすくな目でよろしと先走り、「いらんいらん、通夜はわいらだけや、他に誰もこんねん」あわててスブやんさえぎり、とにかくなんとかお通夜らしくなった。

スブやん、一張羅の黒の背広を着こみ、実はこの服、ブタ箱入りに備えてつくったものだった。三年前、やくざの写真バイからアシがつき、猥褻物《わいせつぶつ》所持ならびに販売の容疑で曽根崎《そねざき》署へひっぱられ、「愚連隊に売ったということだけ認めたらええねん、向うはお前から買うたいうてんねんさかい、どや、ごつう考える必要ないがな」刑事はやさしくいい、だが、売ったことを認めれば、ほならどこで買うたんやとくるだろう、他には捌《さば》いてえへんのかと追及されもする。さんざ迷ううちに、「お産と留置場は五月がいちばんええねん、ま、当分とまってもらおか」と今度はおどかされ、どうせ略式裁判、罰金一万ですむこっちゃからと、「神戸の山の手で、知らん人から買いました」ただもうつじつまあわせるだけの調書をとられた。調べはともかく、寝起きをそのままサツの車で連行され、ジャンパーにゴム草履《ぞうり》姿では、房にかえってから、「お前なにやったんや」「へえ、エロ写真の方で」と自己紹介にも肩身せまく、どうせいつかはまたアゲられる、その時はばーんと、まあ選挙違反くらいの貫録つけたったると、あつらえたのが黒の背広、もともと縁起はよくない。

「坊主《ぼうず》はどないすんねん、お寺あんねやろ」ゴキにきかれたが、スブやんと他人でなくなってからは、亭主の位牌《いはい》仏壇も片づけ、死人の後生より生きるに精いっぱいのお春だったから、恵子にも心当りはない。まあこれはきまりもんやからと、近くの破《や》れ寺の乞食《こじき》坊主に枕経だけあげてもらう。

夜が更《ふ》けると、恵子さすがに看病づかれか居眠りをし、目ざとく伴的みつけて、二階へ寝かせ、さて男ばかり四人となっては、通夜もにぎわしくなる道理。

「そやけどこないして葬《とむろ》うてもらえる仏はしあわせやが、わいのお母《かん》なんか、戦災で、まるでブロイラの蒸し焼きみたいになって死にはった。それをむしろに包んでな、トラックに他の死体と相乗りで、淀川《よどがわ》のねきへ運びガソリンかけてボーンと焼いてんからなあ」とスブやん。うけて一同口々に、「あらすごかったなあ、人間焼け死ぬと、身をまるめて丁度、母親の胎内におる時みたいなかっこなるねんなあ」「爆風でやられたんみたことあるか。あれ空気が体の七穴から吹きこむらしいな。ゴムまりみたいにパンパンにふくらんで死によるで」「防空壕《ぼうくうごう》で窒息して死んだんはきれいやった、青白い顔してな」「ぎょうさん死にはったよ、死にざまの展覧会みたいやったわ、上半身と下半身くるっとねじれてもて、それでまだ生きとる奴《やつ》もおった。ねじれてもたおのれの下半身じーっと見て、あのおっさんどない思うたやろなあ」「ちぎれた足首自分でしっかとにぎって倒れとった子供みたで」「いやすごいのんは小学校の死体安置場やて、菰《こも》かぶせられてな、身内にみせるために顔のとこだけ出てんねん、空襲の後雨降るやろ、そやから体水気吸うて、黒焦《くろこ》げなりにふくれあがってもて化物や、ところどころ炭みたいな皮が割れて、中はちゃんと赤い肉みえとったで」「考えてみたら、わい、人の死んだんみたん、空襲以後はじめてやな」とスブやん、「あほいえ、この前ややことむろうたやんか」とゴキ、「そうか、あれも人間やったな」「水葬になるのもおれば、蒸し焼きもおる、それでまたこないして葬式してもらう仏もおる、同じ人間やのになあ」「死んだ人には関係ないわ」「なあ伴的、あんたすまんけどフィルムとってきてくれんか」スブやんにいわれて、「どないすんねん、こんな時に商売の」と伴的。「ちゃうねん、お春とむろうたるねん、あいつはわいの女房や、エロ事師スブやんの女房やろ、そやからブルーフィルムがお経の代りやんか」「そらええ考えや、ほな、わいてったお」とゴキにカキヤ張り切り、たちまち祭壇をかたづけにかかる。

壁にスクリーンがはられ、その下にお春の棺、燈明も消して暗闇《くらやみ》の中に、やがて一条の光が走り、眼もあやなエロ映画は「太柱」の一巻、「スブやん、お経よりありがたいで」「ついでに弁士やったらどないや」「よっしゃ」とスブやん立ち上り、「ここに神に祈りをささげる乙女一人。どうか神様私にすばらしい恋人をさずけて下さい――」解説しながら心の中で、「お春、お前も好きやったなあ、いっちゃんはじめの時かて、今おもたらあらお前からしかけたんやろ、胃けいれんおきたいうてわいを起して、背中押させて、こっちかてむらむらするの当り前や。あの頃はお前も年増《としま》ざかりでどこもかもむちむちしてたで、もう抱けへんねんなア」

ふたたび祭壇をもとへもどし、一同なにか晴れ晴れとした顔つき、「ブルーフィルム葬とはいきなもんや、伴的の時もやったろか」とゴキがいい、伴的はなんやわいより長生きするつもりか、わいこそあんたの時はゴキブリ葬にしたるわ。「ええなあ、棺桶《かんおけ》の中いっぱいにゴキブリいれて、ゴキブリの殉死や」とゴキはうれしそう。「わし思うけどねえ、美人が死にますやろ、まあマリリン・モンロウみたいな世界の男に好かれた女が死ぬ、そしたらオナニー葬はどうです」とカキヤもいう、「美人をしのんで、その美人とやることを考えながら、男はいっせいにカクんや、教会の鐘や寺の梵鐘《ぼんしょう》を合図に、ゴシゴシと」「そらええ」ゴキうけて、「なんやしらんけど、キリストの方では死ぬ時、香油ふりかけるいうやろ、あれみたいに男の精液をふりかけるんや」「あほ、ふりかけるて、全世界の男が出すねんやろ、まあ仮りに男が十億として、あれは平均三ＣＣやからなんぼなるかな」伴的計算する。「ざっと三百万リットルいうことは、こらものすごい量や」「ええやんか、集めてプールみたいなところへ入れて、そこへ美人の仏をどぼんとびこますねん。精液の海の中で成仏《じょうぶつ》するいうたら、こら最高やで」スブやん、純白のドロドロとしたその海を、よみがえったマリリン・モンロウが抜手を切りしぶき上げて泳ぐ姿を、ありありと思い浮べた。

母親に死なれて、恵子は急に大人びた。家内のとりしきりすべてそつなく、また、お春がおってこそスブやんをお父ちゃんと呼んで不思議はないのに、その生前は「あんた」「おっちゃん」で通し、今になってお父ちゃんと甘えかかり、スブやんふと、「これはお春に嫉妬《しっと》しとったんちゃうかな」とさえ考えたが、といって十九年下の女学生に好かれるとはうぬぼれられず、まあたよりどころ失《うしの》うて心細いねんやろ。

「どうも御無沙汰《ごぶさた》いたしました。実は家内に不幸がございまして、はあ女房に死なれましてん。前々から胸をわずろうておりましてな」と、スブやん顧客へ電話をかけ、ここまでの台辞《せりふ》は常に同じだが、相手によって以下をつかいわける。「いやもうなんや気落ちして、仕事する気にもなれず、というてそうもいうてられませんし」といかにも気弱な男にみせた方がいいのは年輩の客。若い、たとえば兼坂やシナリオ・ライターには、「これから大いにハッスルして、公私ともに頑張りまっせ」と無頼めいた口を利《き》く。人をみて法をとけやで。

コールガールの松江には、守口駅近くのアパートを与え、当初の一月は毎日客をとらせて、客から紹介料二千円、松江から千円の手数料の収入。彼女はすぐに割り切って、となると日に日にあたらしい皮を身にまとい、一月後には、もはや「ほんまもんの素人《しろうと》」などの面《つら》下げていえようかとまでかわる。流れる水のように、常に新規のタマを補充しておく必要があり、それは一つに客を引きつけるため、また一つは自分の保身のためでもあった。

コールガールをなりわいとする女、きわめて中間搾取《さくしゅ》をいやがる。技術を売るのではない、経歴で金を得るのでもない、ぎりぎり決着これ以上は一歩もひけぬ生身の切り売り、たとえ心では遊びとか、タイプたたいてサラリーとるも、男にだかれていただく金も、金にかわりはないと頭でわかったつもりでいても、体がゆるさぬ、必ず仲介者を無視して商売をはじめ、そうでなくても仲介者はタマに憎まれるようにできとる。いやな客にあなどり受ければ、「あいつが押しつけよったから」ふと結婚を考えて現在の自分に愛想《あいそ》づかしする時は、「あいつがこの世界にひっぱりこみよったんや」と、なにかにつけてわるいのはあいつ、わるいのはあいつと鬱憤《うっぷん》晴らしの対象にされ、いっそこれが古びて二年三年たてば、もはや完全なプロに徹して、また安全なのだが、こうなるとスブやんの客には、よろこばれぬ。とにかくこの道に入ってから半年目あたりの女、もっともヤバイのである。いつサツにタレこむか判《わか》らん。

半年たったら、ほったらかして、むしろ独立して営業するようにすすめるのが得策で、そのためには月に一人、女をタマに仕立て上げる必要があった。

松江は靴下工場で働いていた時の友人、あるいは「シングルクラブ」とやらの、集団就職組を中心とする職場相互の親睦《しんぼく》グループで知りあった女性を、次ぎ次ぎとスブやんに紹介した。やはり同類が欲しいのだろう。

いずれも貧しい女達だった。あこがれの大都会へやっては来たものの、月に一万七、八千の給料、四畳半の部屋を四千円で借りて、気の合った同士が共に住み、娯楽といえば場末の喫茶店で聴くレコード、そして例外なく近くの三流角帽、工学部というのに就職率一割に満たぬような大学の学生にしてやられ、休みにはそのアパートへ出かけて身の廻りの世話をするのが生甲斐《いきがい》で、といってあくまで喰いつき金をせしめる知恵はない。スブやん、松江の時とまったく同じに、結婚で釣り、ささやかな贅沢《ぜいたく》になれさせ、顧客にまわす。なまじねっからのイモ娘であるだけに、「いやおどろいたね、今時の若い女で、メリヤスいうんかなデレンとのびたズロースはいとんのがおるとはなあ。わしホテルへ連れてったやろ、バスのつかい方知れへん、そこいら水浸しにしよって、ちょと怒ったったら、今度はタオルで、いちいち水吸いこませては絞って後始末しよんねん、あらおもろかった」と、ありきたりのコールガールに慣れた客はほくほくよろこんだ。抱かれることに狎《な》れて、垢《あか》をつけはじめると、今度はスブやん、教育もした。場所はいつも梅田の豪華ホテルのレストラン、ムードに酔わせ、話の内容のどぎつさをカバーするのである。

「あのね、男というものは、いつも女性に夢を期待してるものです。魅力ある女というのはつまり男に夢を与えることのできるのをいうんやね。なに、簡単なこっちゃ、正体をかくすことを覚えたらええ、かりにでっせ、あんたが財布の中に四、五万の金をもっててごらん、男は、女のハンドバッグをえらいみたがるもんでね。たとえばあんたがお風呂へ入ってる留守にちょっとあけてみる、すると自分も持ってないような大金が入っとる、さあこの女性はいったいなにものやろかと、こう考えますわなあ」

要するに正体をみすかされるな、相手が商事会社のBGを求めてるとわかったら、ほんのちょっとだけそのふりをしたったらええ、そのためには週刊誌くらいは常々よう読んで、教養をつけとく必要もあるやろ、デパートの売り子であってほしいとおもてる客には、そういう芝居をしたる、それには買物に行った時、デパートの店員をようみとくことや。

心がまえを教え、もっと具体的に服装、アクセサリーについても指導する。バランスのとれたなりをせい、セーターにスラックスの時、いくら買いたてやからいうて、うれしがって鰐皮《わにがわ》のハンドバッグなんか持ってはいかん、質素な服装の時は、下着までちゃんと上に合わさないかん、いったんうまいことといったら、客の夢はひろがるばかりやけど、とちると逆にあんたはたしかに製パン工場で働く職業婦人やのに、男は、こらこっち専門の女性やな、とそう考えてしまう。

「そして、これだけはちゃんと覚えといてもらわなあかん。あんたはこのことでお金をいただく、そやけどそれは結婚のためということな。女はなんとしても結婚や、亭主をもってかわいいややこを抱くのがいちばんの幸せです。その時のために、貯金をし、また教養を身につけることを忘れんようにな。人間やっぱり教養は必要やさかいねえ」しずかなムード音楽とボーイにかしずかれて、スブやんの長広舌をきくと、例外なく女は瞳《ひとみ》をかがやかせ、まあ当分は、ピンハネにめくじら立てんやろと思われた。「親からもらった体を大事に有効につこうて何がわるい、王かて長島かて、体をつかう分には皆同じや」女は恥じらいながら同意した。その年の秋には、手持ちの女五人、年長者は玉子といって看護婦くずれ、最年少は良子で十九歳、製パン会社の女工をまだ勤めている。一人ならして月に二十人の客をとり平均千五百円の手数料、初めの一月は新入りということで客からも紹介料とるが以後は入らぬから、拾いあつめてまず月十五万円の収入。

その玉子が妙な話をもちこんで来た。彼女の以前勤めていた医者、六甲山麓《ろっこうさんろく》の外科医で、これが稀代《きたい》のけち、玉子もろくに退職金もらわずに辞め、その後病院お抱えの運転手と事務員も、月給未払いのまま馘《くび》となり、「それでその二人カンカンに怒って、先生の秘密を売りたいいうとんねん」秘密てなんやときくとエロ映画だという。「なんせ手くせわるい先生でな、あたらしい看護婦くると、うまいことというて関係つけて、その後映画のモデルに使いやんねん。六甲山に別荘もってな、そこで撮りはんねんけど、そのフィルムなんやトランクに二はいあるいうてたわ。おっさん顔ひろいから売ったってくれへんか。ほならうちも退職金でるしな」トランク二はいならすくなくとも二百巻はあるだろう、出来をみんことにはわからんが一本一万として二百万、とても手エはでんが、一度みてから、よさそうなのだけ買《こ》うてもええと、とにかく伴的のアパートへ持ってこさせる。

貧相な小男が運転手、とっちゃん坊やみたいなのが事務員で、売値は五十万と意外に安い。

フィルムはすべてカラーの、しかも変態ものであった。

「これ全部、その先生がとらはったん」伴的感心してたずねると、運転手「へえ、もう日曜日いうたら看護婦連れて、別荘へ行って撮りますねん、私もえらい手伝わされましたわ。ほれ、この箱に時代と書いてますやろ、これは写さんといて下さい、私が浪人のスタイルで、お姫さまをいじめるフィルムですわ、ほんまけったくそわるいなア」ぼやきつつ抜きとろうとするのをスブやんとめて、「まあよろし、わいらは決してモデルに恥かかすようなことせんさかい、フィルムについてはまかしてもらいまひょ」パクられた時の生活費と、弁護士代、保釈金の用意に、かねて百万ほどの貯金はあったから、スブやん買う気になり、となれば少しでも多い方がええ。

「看護婦さんよう文句いわはらへんでしたな」「いやそれは少しの口留料と、それになんしおかしい姿とられてしもうとるから、つまりは泣寝入り。それでも後で自殺したのが二人おりますわ」そんな無茶なと、スブやん怒り、「わたしらそやけど窃盗罪ならへんやろか」と心配するのを、「あほな、給料くれんと放り出したんですやろ、それやったら正当な行為です、労働争議にかてようあるこっちゃ」聞いて運転手、「もしそうやったら、別荘にある器材も持ってきてまおか」といきりたつ。「持ってくるてできますのんか」「ああ、日曜日以外は誰もおれへん、第一まだこのフィルムも気づかれとらんねんから、ちゃーっと車でいて、カメラやなんや持って来た方が金になるわ」そこで伴的乗気になり、「カメラやったらわい買いまっせ、なあスブやん」「おもろいやんかゴキとカキヤも連れて乗りこんだろ」

翌日、スブやんはフォルクスワーゲンのマイクロバスを借り、運転手にハンドルまかせて自ら助手席に陣どり、一同は後部に乗りこむ。カキヤ「なんやこう、なぐりこみみたいやねえ」とよろこんだ。阪神国道を走って芦屋川《あしやがわ》を山へむかい、寺口町の先きに、そのブロック造りの別荘があった。さすがにはばかって夜の七時。「運転手さん車に残って、万一にも先生きたら知らせて下さい」ゴキが指揮をとる。別荘はスタジオ風にしつらえた部屋と、ベッドのある寝室。まるで宝の山に入りこんだようにカメラはベルハウエルの十六ミリ、アンペックスのレコーダー、ステレオ、クーラー、カラーTV受像器、冷蔵庫と、いや金目のものばかり。スブやんはさすがにやばい感じでガタガタ震えるのを、ゴキはてきぱきと、「ほれ次ぎはステレオいこか、傷つかんように毛布かけたりや、伴的、クーラーのねじはずしてくれ、おいおいスブやん、なんであの運転手エンジンぶうぶうふかすねん、やかましいやないか」スブやん表へ出て注意すると、「へえ、物音カムフラージュしょうおもて」「いらんこっちゃ、エンジンの方がよほどえらい音してるわ」いいつつ闇《やみ》をすかして、パトロールきたらどないしょ。絨毯《じゅうたん》まで巻き上げようとするゴキに、そらもう入らんと止めて、後は台風一過、さっぱりとした室内をスブやん見廻し、「これなんや」「そら電気鉛筆削りや」「ほな恵子にみやげや」脅えながらも欲どしい。

十時近くに大阪へ戻り、荷物を運び入れるといっても場所がない、うっかり駐車しておいて、中身がばれると面倒だ、そや、ゴキの小屋へ預けようと決まり、二時間後、それまでの掘立小屋うってかわって生命保険のポスターにでてくるような文化生活、ゴキブリのマッチ箱はきれいにステレオの上にならべられた。

「これをぼちぼち捌《さば》いたら、なんやかやで百万くらいにはなりまっせ」とゴキが値をふみ、主犯の二人はけろけろよろこんだ。スブやんのお顧客《とくい》に売ればいい。

「それであんたら、失礼やけどこれからのあてありますのんか」ときくと、運転手は郷里へ帰るといい、事務員は別にない。「ほなどうです、このゴキさんとこにしばらく泊って、職探ししたら、及ばずながらわいらも心がけときまっさ」とスブやんすすめる。コールガールの助手が欲しいところだし、同じヤマを踏んだ仲なら気も楽、事務員は「ポールと呼んで下さい」あらためて自己紹介した。

ポールに説明させながら、二百三十巻あるフィルムを調べ、その内容をいちいちメモする作業が十日ばかりつづいたが、撮影者が変態だけに、通常の、男女の営みはなく、縛ったりたたいたり、そうかと思えば踏台に股《また》をひらいて腰をかけさせ、或《ある》いは運転手扮《ふん》する浪人が刀のこじりで女を傷《いた》めつけ、また先生自身が月光仮面や憲兵になって、支那服《しなふく》の女を拷問《ごうもん》する、いやはや二、三本うつすと全員あたまかかえて、へこたれてまう。

　中にふつうのフィルムもあって、外国旅行中の先生の素顔は、四十五、六の画《え》にかいたようなインテリ教授面、とても信じられなかった。このフィルムはカラーだから、変態を割引いても一本四万に売れ、スブやん当分は左団扇《ひだりうちわ》で暮らせる身分となり、どれ湯治にでもいてこましたろかい。

　スブやん、わいのおごりやでえと一党ひきつれて有馬《ありま》温泉へ遊ぶ。裏六甲の紅葉も終りの頃で、ここ何年か、いや考えてみればのんびり温泉へつかるなど二十数年ぶり、小学校へ入っても寝小便の癖直らず、修学旅行にもそれがこわくて参加しなかったスブやんを、父親がかわりに箱根へ連れてってくれて以来のことだった。「あの親父《おやじ》も少しは景気ええ時あってんなあ、あらたしか洋服生地が統制になって、闇でもうけよったんや」がすぐにそれどころではない衣料切符になり、つづいて応召、戦死。そやちょっと楽なったら親父の墓つくったろかと、少ししんみりするうち、「くらべっこしょうか」と、ゴキがいいだした。湯づかれするほど温泉に入り、麻雀《マージャン》にもあきたし、芸者は最初の夜こそ呼んだが、エロ事師には物足りぬ。ただもう体をもてあました末の提案である。

「どないするんねん」「どないもこないもあれへん、立ててやな、大きさ太さ色形をくらべあうねん」カキヤ一人が照れたが、「わい等の商売は、男のものについても知っとかなあかん。他の男の立っとるとこなんか、みるチャンス殆《ほとん》どあれへんやろ、カキヤかて本で男書く時どないする、『青筋立てた』とか『根細先太反りをうった』とか、そんな表現は古くさいで。お互いにみくらべて調べたらええ参考になるで」と、まず女中に物指しを借りた。

さすがに立てる手続きはぐあいわるいから二間つづきの隅っこへ、五人散らばって、ええかっこにできたら集まると決め、まず若いポールたちまちに仕上り、つづいてゴキ、スブやん、カキヤ、伴的の順。ありあわせの、麻雀点数表に、それぞれ調べて書きこむのである。

「まずわいからやるわ、えーと、これは上ではかるんか、それともたまの方からか」とスブやん。上でええやろときまり、「えーと十五糎《センチ》六粍《ミリ》」といえば、ポール「そないに腹にさしの先き押しつけたら、どうしても長《なご》うなりますわ、もっとふわっとやらな」とうるさい。「ほならこれで、十五糎二粍やな」最大周囲十一糎八粍、色は茶褐色で露出部は黒みがかったピンク、黒子《ほくろ》が五つ。ゴキは衣被《きぬかつ》ぎ、袋法師のみやたらとでかく、身長《みのたけ》六寸にして尖頭《せんとう》、カキヤは夙夜切磨《しゅくやせつま》して倦《う》むことなきその験《あらわ》れか狼口鯨頭《ろうこうげいとう》、よく権勢の朱門破る勢いありてごく長大、伴的の犢鼻《とくび》やや潤沢多く、しかも、雁頭《がんとう》意気盛ん、されど不倶利《ふぐり》は少、ポールこそは性甚だ敏給のごとく、一見して勇悍《ゆうかん》、精兵暁に発《た》ち突騎夜に忙しきありさま、有馬にありながらも殺生石《せっしょうせき》ならぬ昆石《こんせき》をのぞみて、いや高く峙《そばだ》てたり。いずれおとらぬ鉄槌《てっつい》のあれこれ、袴下《こか》毛中を出てそそり立ち、いとめでたきながめであった。

つづいて十円玉をのせ、ウンとフンばってどこまで高くとばせるか、直立したままで何分持続できるか、窓の外を六甲特有の霧が白く渦巻き、秋の陽のつるべおとしにおちかかる中を、こうなると一同必死で、もみさすり叱咤《しった》激励して、時の移るのも忘れ、五箇の陽物、それぞれの能力を競い合い、結果は総合優勝カキヤと決まった。

「わあ、なんやさぶなったで」一風呂《ひとふろ》浴びよかとなった時、ゴキが「どや、このまま入ったろ、他の客おどろくのちゃうか」こらおもろいと衆を恃《たの》み、直立のままズカズカ大浴場へ通ると、平日ながら十数人の先客、女もまじる混浴で、一党をみるなり、眼をそむけるもの、逃げ出す女、複雑に笑いうかべる男ども、「なにをそんなにちぢこめとんや、こうしてこその男やないか、遠慮せんとしゃんとしいな」とばかり、みな無邪気にはしゃいでいた。

「いや参考なりましたわ」とカキヤ、「そやけど、女はおもろいやろなあ、男はそういちいち女をしらべられんけど、女は男に抱かれた時、まあたいていちらっと見るやろ。黒いのんや赤いのんや、いやあこの人ちんこいなあなんかおもて、楽しみなんちゃうやろか」とゴキがいう。ブルーフィルムの男役の逸物《いちもつ》はしょっちゅう眼にし、中にはえらいでか物もあるけれど、やっぱし実物をしげしげ較《くら》べるのとはちがう、スブやんもあらためてお互いを見直す感じであった。

伴的の作品とはくらべものにもならんが、これも参考にと、エロ写真、エロ本、いぼつきサックを番頭にたのむと、ついでに妙な器具を持参した。フォームラバー製で直径三十糎ばかりでクルミの形、中心に穴があって、その周囲をしぼんだゴム風船のようにまがまがしい色のゴムがかこみ、穴の上部に毛が植わっている。つまりは男性用自慰具四千五百円。

伴的ながめて、「こんなもんやったら、わいもっとすごいのつくったるわ」というから、スブやん、そらおもろい是非やってみてえと頼む。医者のフィルムを編集し、よりおもろくする仕事ばかりで、伴的いささか腕をもてあまし、暇つぶしにはもってこいだろう。

ぐったり疲れて家へかえると、珍らしく手紙があって、恵子の学校からの呼び出し状。父親がわりとあってはいたし方なく、気にもとめずにでかけると、副校長と名のる恐《こわ》いおばはんが、「恵子さんは学校の校規を乱した。一度は許すが、もう一度同じことをくりかえすと停学処分にするから、家庭でも気をつけるように」とかさにかかったしゃべり方。校規というからスブやんあわてて、母に死なれてショックのあまり不行跡したのか、妊娠でもしよったかと、オーバーに心配したが、話をきくとなんのことはない、大阪駅の食堂で友達といってもクラスメート、女同士ライスカレーを食べたのだという。「わが校では、父兄のつきそいなしで飲食店、映画劇場、興行場へ入ることをゆるしておりません」もうじき最上級生というのに、なんということかと、どうも本気で怒ってはるらしい。

スブやん、なんやそんなことかいなと拍子抜けしかえす言葉もないのを、恐れ入ったとみてか、副校長はなおつづけて、「わが校の伝統は、かしこい妻やさしい母となるべき女性を育て、そしてこよなき自由を愛する人間教育にあります。そのためには、かりそめにも校規を犯すようなことがあってはなりません。お父上からも厳重に御注意下さるようお願いします」

なにいうてけつかんねん、この婆《ばあ》ちゃん生徒の爪《つめ》に気イつけたことあんのんか、人差指と中指親指の爪短こうしとんのは、これつまり同性愛のしるしやで、爪短こうしてなにするか、あんたわかっとんかいな。まだあるまだある、体操でブルーマ着た時、腰つきの変化がわからんのんか、生徒はよう知ってるねんで。それをなんや、父兄につきそうてもらわな食堂へも入ったらあかんてか、ほんま知らぬは教師ばかりなりやで。いっそけったくそわるかったが、とにかくあと一年余り世話になる学校であれば、そのそぶり毛ほどにもみせず、「どうも申しわけないことです。以後気をつけますさかい、なにとぞ御寛大なる御処分を」と、こういう台辞《せりふ》は、サッでつこうてなれたもんや。

家へかえると恵子を呼び、学校から呼び出しのあったことを伝えたが、考えれば考えるほどばからしくなり、「かまへんかまへん、気にすることないがな。誰かてお腹《なか》すいたら食堂へ入るのんは当り前じゃ。そんなんいちいちつきそうてたら、父兄の体なんぼあったかて足りへんわ。まあうまいことやったらええねん、見つからんようにな。そやけどなんやな、あの副校長いうのんは、ごつい婆さんやな」

誘い水向けられて恵子、ぺらぺらとその悪口をまくしたて、「あのせんせまだ処女やねんてエ」とけらけら笑った。

あの婆《ばば》アにブルーフィルム観《み》せたったらどないしよるやろ、ヒャアとかキャアとかぬかして眼エつぶるのを、むりやり眼エあかしてさあみい、これが男と女のやるこっちゃアいうたったら、さぞかし胸すっとするやろ、とスブやんは考え、恵子はまたいかにもうれしそうに言葉をつづけた。

「そやけど、お父ちゃん理解あるからええわ、うちと一緒に食堂へ入った友達な、えらい家の人に怒られやってんて、しょぼんとしてるわ」

「あほらしい、恵子なぐさめたり、わしのいうとることの方がほんまやで」

「ほなら家呼んできてもええか、二人とも親友やねん」

ああかまへん、お父ちゃんが心配するなておしえたるとスブやん胸をたたき、結局、父兄同伴やったら文句ないんやろと、そのやってきた恵子の友人二人を連れ、表へ食事に出る。

「どこでも好きなとこいい、つれてったるよ」というのに、セーラー服の三人なにごとか声をひそめて相談し、やがて恵子は、「ほなゲイバア連れてって、興味あんねん」

「ゲイバア？　ゲイバアで酒飲むのんか」

「うん、ジンフィーズくらいやったら、なあ」とお互いうなずきあう。何処《どこ》へでもといった手前、スブやん後へはひけぬし、おかまとセーラー服のとりあわせは、こらおもろい。

南のバア「コクトオ」へ入ったのが、午後八時、このての店ではまだほんの宵の口、客の姿はなく、おかま達はいざこれより紅白粉《べにおしろい》つけて女に化けるところ。

「いらっしゃいませ」と一行を迎えたおかまのジュネ、この道十数年の古顔だが、さすがにとまどって、「あら修学旅行？　かわいいお客様ね」「いやお姉さん達の女ぶりを見学してね、参考にしたいいよんね」まさか娘とその友達とも紹介できず、「とにかく、このお嬢さん方にはジンフィーズ、ぼくは水割りもらおか」セーラー服の三人は、ちゃっかりカウンターのとまり木に坐《すわ》って、遠慮会釈《えしやく》なく店内をじろじろ見まわす。

「調子狂っちゃうわよねえ、いやだわ」とジュネはてれ、「じきかえるから、まあちょとだけいさしたって」と気がねするスブやんにおかまいなく、恵子達「わあ仰山化粧品もってはるわ、みな舶来やないの」「ふだんはそないしてジーパンはいてはるの？　大体、洋服と着物どっちの方が好き？」「あっちの人、ええ顔してるやないの」「どれ」「あのすみでお化粧してはる人」「デパートのマネキン人形みたいな顔やんか」ぺらぺらしゃべり立て、口ではまけないおかま連中も、勝手がちがって、いわれっぱなし。

「ああ今日はお白粉がのらないわ、もうこれでええにしょ、やっぱり男あそびがすぎると肌が荒れるわね」化けおえた若い男がジュネとかわってカウンターの中に入り、セーラー服は早速、「本当に男の人にしか興味をもちはらへんのん」とたずねる。「当り前よ女ですもの、あなた方と同じことよ、気になるのはオチンコだけ」「いやあ、エッチ」「あらエッチかしら、あんたら気にならへん？　電車に乗って向うの座席に坐る男のオチンコに、ついつい視線が吸い寄せられるのんとちゃう？」こらどうもえげつない話になってしもたとスブやんあわてたが、恵子達はいささかもひるまず、「そんな時期はもう卒業したもん、なあ」「そうよ、バレー観にいって男のダンサーのタイツのふくらみ気にするのんは中学生のやるこっちゃ」「まあものすごいことといわはる」こうなってはおかまもおめおめひき下れない。この小生意気な女学生とばかり、次ぎ次ぎにカウンターへ集まり、「あーらこちらかわいいわ、妹みたい、頬ずりしてあげたい」「このこはリバーシブルだからね、お姉さん達気イつけなさいや」「リバーシブルてなに？」「表も裏も使えますいうこと」「へーえ、二倍御徳用いうわけ」「あらすみに置けないわねえ、このジャリッコ」「ジャリやないよ」「フーンみるべきものもみた、生えるべきものも生えたの、よかったねえ」「おかげさまで、後はもうその瞬間を胸ふるわせて待つだけですわ」「そんなこというて、あんたらもう男知ってんのとちゃう？」「さあ、どないみえますか」「ちょと鼻かして、指でおして割れたような感じやったら、処女やないわ」「そんなん迷信よ」「迷信やあらへん、ちょといらわして」「いやや」「ほならこういうのはどう？　灰の上にしゃがんで、それで鼻にかんじより突っこむねん、クシャーンいうてくしゃみでますやろ、その時に、下の方からも空気がもれたらこらもう穴をあけられとる証拠や」「へーえ、初めてきいたわ。そやけど、おかまさんにも処女いうのんはあるの？」「そらありますよ、ショックだったわ、私。涙が出ちゃったの。わからないわねえ、これだけは女じゃなくちゃ」「わりに古いねんね、今はおかまさんの方が、処女を大切にするのかも知れんな」「あら、お姉さん達、大切にしないの？」「うちらこだわらへん、処女膜なんて人間とモグラにだけしかないもんやねんて、モグラと同じはかなわんもん」「モグラも処女膜やぶられると泣くかしら」「それが古いいうねん、泣くことないやないの」「そうなのよ、私は古い日本の女なのよ、ああ清い娘の頃がなつかしい」六人のおかまとセーラー服の三人、口々に猥褻《わいせつ》な言葉をかわして、さすがのスブやんもただ気押されるばかり、時折ドアをあける客もあったが、カウンターの女学生の姿に、こら店まちがえたかと、帰ってしまう。「下着なんかもみな女のもの着てはるのん？」「もちろんよ、月のさわりの時には生理帯だってつけるわよ」「あらジュネ姉さんの生理帯は、痔《じ》の出血のためやないの」「なにい、もういっぺんいうてみい、てエつっこんで子宮ガタガタいわしたるぞ」「おねがい、やってみて」キャッキャッと恵子達はしゃぎ、気がつくと十時を過ぎている。

「そろそろかえろか、もうおそいで」

「あらいいじゃないの、これからヌードみせるのに」とジュネがいい、さすがに男のヌードは敬遠するかと思ったら、セーラー服かえって眼をかがやかし、「なあ、観てからかえろう」

帰りのタクシーの助手席で、スブやんほとほとあきれかえっていた。後に乗った三人は、さすが運転手の耳をはばかって声をひそめ、なにやらまだしゃべくりあう。

「男を知らん女ちゅうのは、こらもうえらい助平で、セックスのかたまりみたいなもんやな。女の中でいちばんいやらしいのが処女かも知れん、夜毎《よごと》に枕《まくら》のかわるコールガールかて、これにくらべたらきれいなもんや。一度でも男を知ったら、とてもああまではやりあえん」これまでもアルサロの女、トルコ娘をひっぱり出しゲイバアで飲んだことはあったが、彼女達まことにはおとなしく、おかまのきわどい冗談にいちいち恥らい、頬をそめていた。うわべは汚《けが》れを知らぬセーラー服で、またその表情や体つきもいかにも初《う》い初《う》いしくみえる恵子とその友達が、互角以上におかまとわたり合うなど、想像もできなかったこと、スブやんあたらしい眼をひらかれた思いである。

途中で友達を下ろし、スブやん後の席へ移ると、恵子は待ちかまえたように、その膝《ひざ》につっぷし、「なんや気持わるなった」といい、スブやんの手に、恵子の胸の固いブラジャーがあたる。

「今夜はなんや知らん、まるで恵子等に押されっぱなしやったわ」

「あんなん大したことないよ、学校ではもっとすごいことしゃべってるもん」

「すごいことてどんな」

「お父ちゃんききたいか」

「うん」と、思わず唾《つば》をのみこんだが、「まあ、この次ぎにしょ、あまり刺激するとわるいよってな」恵子するりと身をかわす。なんとなくなぶられてる感じで、「そやけど、今の娘は、そんなに処女を手軽に考えとるのかな」と、しつこく喰い下る。「手軽にもなんにも、重荷やし処女なんか。捨ててもうたら気イ楽や思うわ」「ほなチャンスあったら、いつでも捨てる気イか」

「まあそうするやろ思うわ」

そのチャンスが今とちゃうか、スブやんの五体硬直してふるえが来る。「わいが相手で何がわるい、一人の男と女やないか、お春死んでから、半年以上も操《みさお》を立てたんや。あいつかてわかってくれるやろ。しょむない男に処女やってまうねんやったら、保護者であるわいが頂いてもええはずや、父兄同伴や」

スブやん車の揺れを利用して、膝にある恵子の上半身をかかえ直し、そのすきに左の掌を、はっきりとした意志をもってその乳房にあてがう。恵子の反応はない。スブやんの心臓破れんばかりに高鳴る。乳房を、ブラジャーごしにもみつづける。恵子ははじめ体を少しくねらしたが、別にさけようとはしない。

「そ、その先きの床屋のとこで降りるわ」

スブやんの声はかすれていた。

先きに立って家に入った恵子は、部屋に上らず、散髪用の椅子《いす》に腰を下している。スブやんは戸閉りしてカーテンをひき、恵子に近づくと横のレバーをひいて、椅子の背を倒し右手をまた胸にあてがいながら、唇を寄せた。ゴムのようにやわらかい唇で、おどろいたことに、ヌメッと恵子は舌さし入れ、ちいさくうめく。すくなくともキスの経験はあるらしい。

「恵子好きやで、もうはなさへんわ」

そのまま映画で観たように横抱きにかかえ上げようとしたが、どっこい力が足りぬ。せいぜい抱き起した形となって、今度は正面からヒタと体をあわせ、眼をとじる寸前に、スブやんは鏡にうつったセーラー服と自分のその姿をながめ、矢も楯《たて》もたまらぬ衝動に突き上げられる。

「いつかこないなると思うてたわ」

恵子の部屋に布団《ふとん》をのべ、押し倒そうとすると、「待って、スカートがしわになるやんか」自分で脱ぎ去り、そのまま横たわって、ぽさりこういう。

だが、スブやんの男性は、心はやればはやるほど、いっこうにふるい立たなかった。上衣を脱がせ、電気を消してから下着に手をかけ、さすがに脚をすぼめて形ばかりの抵抗をみせるのを、なんとかはぎとり、さてとなったらまだその下にもう一枚あって、これは、恵子が自分で、「思いきってとってしまうわ」と脚をくねらせ取り払い、すべて準備完了したのだが、肝心かなめがなえたまま。

掌にあまる乳房の感触も、ぬめぬめとなめらかな太ももの肌ざわりも、どこがどうこんぐらがっちまったのか、ふるい立たせる刺激とならず、止《や》むなくスブやん「ちょっと待ってな、ややこできたらあかんやろ」と、サックを口実に体を起したが、恵子はケロッと「うち、今は大丈夫や思うわ、排卵期ちゃうもん」「それでも万一いうことあるさかい、すぐ来る」と、ほうほうの態《てい》で二階へ上り、久しく手にしなかったそれを箪笥《たんす》の小《こ》抽出《ひきだ》しから出し、さてしげしげとわがものを眺めれば、あわれやな、有馬の宿のしなさだめ、あの凜々《りり》しさ雄々しさは影もなく、ただもう首をすくめ、精気虚耗しつくしたありさま。

「こらいったいどういうわけや」と、栓をひねるようにしてみたり、ガムをのばす如《ごと》くひっぱり出したが効果なく、かつてお春とのことで、しばしば恵子を犯す妄想たくましくし、ようやく男を立てたことがあったが、今は妄想ならぬ現実に恵子を抱くのだから、これも役に立たぬ。ブルーフィルムの名場面、カキヤ苦心の名描写、断片的に脳裏に思いえがいてもぴくとも変化おこらぬ。

ふたたびおたおたと階段を下り、竜頭淵《えん》にのぞませ、また、そのあっちこっちに掌ふれて、南無《なむ》八幡大菩薩《はちまんだいぼさつ》なにとぞ精気もどしたまえと祈るようになでさするうち、「お母ちゃんとうちと、どっちがええ体や」「そ、そらくらべものにならん、恵子は若いし、若いだけやない、きれいやで」「この手エいたいわ」というから、恵子の首の下にまわした手をぬき、それをしおに体をスブやんに向けた恵子、いまはひたすら最後の瞬間を待ちのぞむ。

「どないしたん？」

「いや、そのな」もぞもぞと体をうごかすスブやんをあやしんで恵子がきく。

「ちょと、お酒のみすぎたんかな、お酒飲むとぐあいわるいこともあんねん」

「お父ちゃん、インポなんか」

恵子は冷酷な言葉をなげつける。

「いや、インポとはちゃうねんけど、こらほんの一時的なもんや、どうもおかしいわ」

「うちがきらいなん？」

「ちゃうちゃう、そやないねん、男はな、あんまり好きな人と、想《おも》いとげられるとなると、こうかえっていうことききかんようなってまうねん」

「うちの体、魅力ないねんやろ、お母ちゃんの方が忘れられんのとちゃうか」

「ぜんぜんちゃうがな、ちょっと待ってやすぐようなるさかい」だが恵子、くるっと背中をむけると、「無理せんかてええねん、もう二階へ行って寝たらええわ」

「あのなあ、恵子さん」

スブやん哀願するような口調となり、いや心底うろたえていた。だが、処女を相手に男のインポ、そのよってきたる理由を説明するのは至難のわざ、第一、スブやんにも、どうして突如こうなってもたのか見当つかん。どうにもぐつわるいまま、まあなにも今夜だけが夜でもないし、このまま往生際《おうじょうぎわ》わるうしては男を下げるだけと、「ほな、まあ二階で休むわ、おやすみ」立ち上ると、恵子は枕もとのスタンドの豆電球をつけ、「お母ちゃんのたたりかも知れんな」というその顔、陰のつきぐあいがお春にそっくりであった。

翌朝、恵子の起き出した物音にスブやん眼を覚まし、思わず胸と腹二つ折りになっちまうような恥かしさにさいなまれ、注意力のすべてを耳に集めて、恵子の気配をうかがう。別にかわった風もなく、なんとなく安心すると、今度は入れ替って、掌に恵子の肌の感触がよみがえり、その体臭さえそここに残っていて、少年の日のような朝のしるし、地熱のごとく下腹部は燃え立つ。

「よっしゃ今夜が正念場やで、念のためアンプルでも飲んどいたろか」と、恵子が学校へ出かけた後もうつらうつらと、夜の妄想をたのしむうち、ガラリ無遠慮に土間の戸の開く音、そして「喜早君いとってか」太い男の声がした。

その声に覚えはないが、いかにもなれなれしい調子にはっと飛び起き、裏の窓から見下すと、細い露地にも男がいて、こらアガサや、そやけどなにがアガったんやろ、女かフィルムか、ひょっとしてあの六甲の医者訴えよったんやろか、考えるうち今度はあらたまった声で「喜早くん、おるんやろ」「へえ」とことさらのっそり階段おりると、捜索令状手にした刑事二人が、うむいわさずに上りこみ、形ばかりの仏壇、箪笥、押入れ、天井まであらため、こうなることはかねての覚悟、フィルム写真の一切合財《がっさい》銀行のロッカーに預けてあるから、騒ぎ立ててもブツはかけらもあらわれず、とみると今度は参考人として署まで同行求められる。

古ぼけたさしまわしの大型車の中で、どうにも容疑の見当つかず、サツでの台辞《せりふ》も思い浮かばぬままに守口署へ着き、そのまま面通しさせられたのは、経理事務所の親父《おやじ》、スブやんの顧客の一人だった。

「お前からたしかにエロフィルム買《こ》うたいうとんねんで、調書かてとってあるんや、受け渡しの場所は守口市駅前の喫茶店『ドウース』、ちがいないやろがな」

ドウースなんてきいたこともないといえば、手錠のまま、その店の表を何度も歩かされる。中からウエイトレスがまなこ見張って眺めている筈《はず》だが、ここでは見分けつかなかったらしい。

どこまで否認できるかわからんが、今のところテキの手がよめん。エロフィルムだけやったらええけど、計理士のおっさんはスブやん草分けからのお客で、盆暮には、珍本秘画のたぐいを付け届けするほどの間柄、そのすべてがアガってしもとるんやったら、こら一大事である。

「がきゃあなめとるなあ、ここをどこやおもてんねん、天下の——」せめて曽根崎《そねざき》か西成《にしなり》署やったらかっこもつくやろけど、たかが旧京阪沿線の、準急もようとまらんけちな市イの警察が、なんで天下のテンカンのぬかさんならんねんと、スブやん心にうそぶきながら、しかしうわべは終始下眼づかい、鼻のへんの鬚《ひげ》がまばらに生えとるのがようみえる。

荒れ狂い、怒鳴りちらした警部補の演技を終えての捨台辞が、「こないなったら意地でも起訴へもってったる」入れちがいに、中年の刑事が、さも通りすがりのふりでやってくる。スブやんうんざりして、なんやねんTVのスリラーもんやあるまいし、こわもての次ぎが人情味あふれる泣きおとし、安煙草《やすたばこ》の一本二本すすめられてヨヨと泣き伏す今日びのコロシやタタキと一緒にせんといてや。

これが五日つづいて、どうやらわかったことは、計理士が事務所で知人を招いてブルーフィルム試写会をひらき、これが前もってサツに密告されていて、現場をふみこまれ、映写機、スクリーンもろともフィルム三巻押収《おうしゅう》の憂《う》きめ。中についせんだってスブやんの売りつけた医者の変態フィルムがあったのだ。

計理士は次ぎの市議選挙に出馬の意志をもち、そのためライバルの恨みを買ったもので、市会のお偉方が後《うしろ》で糸をひいたのであろう。

ブルーフィルムがアガるのは、たいてい映写現場の関係者からで、たとえば料亭ならばそこの女中、出入りの芸者。会社なら、観《み》せてもらえなかった下《した》っ端《ぱ》社員の口先きからニュースがこぼれ、他に多いのが労働争議と選挙。組合が因業《いんごう》社長のこの趣味につけこんで争議を有利に運ぼうとしたり、政敵を倒すために、スキャンダルの種として、よくブルーフィルムが利用され、これがこじれてサツの耳に届く。

「まあ人間という奴《やつ》は、この道だけ人格が別みたいなものでね、私もきらいな方ではないさ。タタキコロシはいざ知らず、こういうちっぽけなことでお互いああだこうだと時間つぶしをしてもしかたないだろう。いいかげん認めたらどうかね。いくらフィルム一巻とはいっても、あくまでみえすいた否認をつづけるのであれば、法律はこれを許すわけにはいかんしなあ、なんせあまり刑事連中を意地にさせせんこっちゃで」下手な大阪弁をまじえて検事がいった。

二日に一度、青バスへ乗せられ、検察庁の同行部屋で八時間ベンチに坐《すわ》らせられ、尻《しり》の痛いのにはまいったが、毎度、進展しない調書持たせて送る警察も焦《あせ》ってきた。

「このフィルムは、こらくろうとの撮ったもんとはちゃうな、えらい趣向かわってるやんか。どこで手に入れよってんな」

「趣味でつくって、一人だけ楽しんでんねやったら、そら人間やさかい勝手やで。ただな、専門のお前が一枚嚙《か》んどるさかい、こっちかてこのままパイいうわけにもいかん。どこで手に入れたんや、それとも喜早、お前つくったんちゃうか」

男と女の、いわゆる「戦争もの」とちがうから、自分がつくって売ったといっても話は通る。買った方が名士だから、それ以上ごちゃごちゃいうまいが、しかし撮影現場いうてみいとなったら、その場所をどこにするか。また買ったといえば、誰からときかれるだろう。サツにマークされてる札つきプロダクションの作品やないから、この方がごま化し易《やす》いかも知れん。とにかく、ええ汐時《しおどき》みて有利に取引きせんならん。

房へかえればスブやん人気者だった。留置場のとびらあくなり、「ええ猥褻《わいせつ》のスブやんでござります」と仁義を切り、かねて用意の黒の背広も押しがきき、先住のタタキ、ノビ、モサにまじってぴたりと、席がきまった。

口からでまかせの同房の身上話罪状自慢ごっこでも、幇間《ほうかん》を営業種目の一つとするスブやん、身ぶり手ぶりもおもしろおかしく、房内正座のきまりなどくそくらえ、担当さえも釣りこまれて、「俺の娘も高校行っとるけどそら注意せなあかんなあ」「そうですよ、今日び処女は重荷ですいうねんさかい」おかげで運動時間以外のエンタにもありつける。とりあえず置手紙はしたし、こうなれば伴的が万事こまめにとりしきる手筈《てはず》で、差し入れの寿司《すし》も毎日とどいたが、恵子のことが頭をはなれん。房内にいても、その肌のぬめりをふと思うだけでぴんぴん痛いほど雄々しくなるのを、スブやん懸命になだめて、もうちょい辛抱やで、がまんせなあかんと歯をくいしばる。

スブやんパクられたときいて一党はそれぞれ首をすくめたが、こっちへまで手のまわるおそれはまずない。表面へ出ているのはスブやんだけで、だからこそ取り分も倍以上はとって、あくまで彼一人でくいとめる約束であった。

駆けつけたゴキに、スブやん不在のおぼろげながら事情をきかされて恵子、別にとり乱しもしなかった。「娘一人で留守番ちゅうのも不用心やけど、というてわいらが交替で泊りこむのもなあ。こういう時は女手がおらんと」というのを、「大丈夫ですわ、別にねずみにもひかれませんやろ」そして二階から、スブやんの寝巻き下着などの汚れものひっかかえてき、ジャブンとたらいにつけると、「お父ちゃん寒ないやろか」妙に世話女房めいた印象だった。

　とりあえずビジネスは、みようみまねでいくらか要領のみこんでいたポールがひきつぎ、朝九時、十二時、三時、五時にそれぞれきっかり堂ビル裏の貸しデスクへ電話を入れ、ここへ宛《あ》てかかって来た客の注文があれば、あらためてその客に連絡をとる。ブルーフィルムなら伴的、コールガールはポール顔見知りの女二、三人に限ってとりもち、ぎくしゃくしながらも日銭は入る。しかし、接見禁止で、なにがどうなっているのか、見当つかぬのはやはり心細い。

　このポールは神戸の産、東京の大学二年で中退後、証券会社の投資信託セールスマンとなり、六甲の医者に出入りするうち、「どや、うちの病院の事務長にならんか」とさそわれ、長の肩書きにつられてうっかり乗ったのが身の災難。七面倒臭い保険の点数計算にこき使われるうちはまだしも、やがてお手つきの看護婦に因果ふくめる役やら、時にはぐれた看護婦のヒモにおどかされると、その始末。おまけに医者はきわめつきのけちで、週毎《ごと》に経理報告書を提出させ、税金のかかるのもポールの不手際《ふてぎわ》、入院費倒す患者があれば、ポールの無能と責め立て、「まあ僕がすこし優秀すぎるから、君のいたらぬところが目立つんだが、しかし、ここでできたえられてごらん、どこの病院へ行っても大威張りだよ」アハハと笑われては堪忍袋の緒が切れた。

医者からがめたフィルムに器材、ひっくるめて百万を運転手と分けて、ゴキの小屋でぶらぶらするうち、スブやん問わず語りに自分のなりわいをしゃべってあげくの果てに、「まあフィルムもええし、エロ本もよろこばれる。そやけどエロ事師の本領はなんというても女やで。男どもはな、別にどうにもこうにもたまらんようなって浮気しはるんとちゃうんや。みんな女房もっとる、そやけどその女房では果しえん夢、せつない願いを胸に秘めて、もっとちがう女、これが女やという女を求めはんのや。実際にはそんな女、この世にいてえへん。いてえへんが、いてるような錯覚を与えたるのが、わいらの義務ちゅうもんや。そら、わいらは人にいえん商売してる。そやけど、エロを通じて世の中のためになる、この誇りを忘れたらあかん、金もうけさしてもらうが、えげつない真《ま》似《ね》もするけんど、目的は男の救済にあるねん、これがエロ事師の道、エロ道とでもいうかなあ」

切々とスブやんに口説《くど》かれて、エロ道とはまたこじつけたな、このおっさんエロの宮本武蔵《むさし》みたいなことといいよると、はじめきき流していたが、他にすがる道もなく、スブやんの鞄《かばん》持ちとなって、今は表向き医療器具セールスマンの名刺をもつ。

「えらい世話焼かしよってからに、買うたんやったら買うたいうて、はよいえや」

「申しわけありませんです」パクられて十一日目、ようやくスブやん供述書の筋書きを組み立てしさいに検討の末、これでよしと自信つくと、ようようしゃべりはじめた。

「どこの筋や、四国か岐阜か」

「ちゃいますねん、これ素人《しろうと》さんがつくらはったんです」

「素人て、どこの誰や」

「それがそのう」と思い入れあって、帝塚山《てづかやま》に住んではる大学の先生が、自分の趣味であのフィルムつくりはった。もちろん奥さんにも知らせんと秘蔵してはったんやが、この秋にころっと中風でいてしもて、奥さん泣きの涙で遺品整理するとでてきたのが、フィルムと、その他に相当数のコレクション。

「刑事さんの前ですけど、この道は別もんらしいですなあ。まるで知らんかった奥さんびっくりしはるやら、というて、いくら遺品とはいえ、こんないやらしいもん家にはおけん。奥さんは家つきの娘でね、気イつよいんですわ。その奥さんに対する不満から、こっちの趣味に走ったともいえまっしゃろか」

半信半疑の刑事も、ついひきこまれて、

「他にどんなもんあってん。ええがな、こっちが問題にしとるのはフィルムだけや」

「そらまあ、外国の犯罪現場写真とか、相対会の写本、これは値打ちもんですわ。木製の一尺あまりもある張形、戦前のエロ写真のコレクション、こんなんも珍しでんなあ」

「お前全部扱こうたんか」

「いえ、こういうコレクションはちらばってしまうと値打ちありませんから、私がある御方を紹介しまして、そちらの方へそっくりひきとってもらいましてん。私はあのフィルムだけで」

「馬鹿《ばか》にするのもええ加減にせい、ある大学の先生に、あるお方やったら、調書ならへんやないか」

ここでスブやんひらき直った。わても信用されて相談をうけ、また人をお引きあわせ申し上げた。これが公《おおや》けになれば仏の恥、いや後に残った奥さん子供がどうなりますか。これだけは口が裂けてもいわれまへん、私の御処分はどうぞ好きなようにしていただいて文句おまへん。

フィルム制作者が素人で、しかも故人になってもたんでは話にならん、第一、映写した人間も金をとったわけでなし、それでもまあ前のエロ写真のことがあるから、起訴猶《ゆう》予《よ》は無理やが、もう一度は罰金で済むやろとスブやんふんだのだ。検事勾留の期限は明日で切れる、頭にきた刑事にでぼちんを指ではじかれ、房へもどると新入りがいた。

「いやどうもすんまへん、私いま屁《へ》エこきましてな、えらいこら不調法なことで」

なにやっとんじゃそのあほうと担当の怒鳴るのもかまわず、着ていたジャンパーを鉄《てっ》格子《ごうし》にむけばさばさふり、「ぼく、カボーいいますねん、TVタレントなろ思うてまんねん。よろしゅう」

いうなり立ち上ってギターかかえるポーズをとり、腰を上下にゆすってジョンジョンジョンと口で調子をとる。こらえらいのんと一緒になったわい、大分いかれとんなとスブやん、いちおう先住者らしく、

「なにやりよったんや」

「団地アパートの屋上のタンクのねきに野宿さらしとってん。家ないらしいわ」

担当がかわりに答え、その間もカボーと名乗った男、ジョンジョンを続ける。

「まあええからすわりなはれ」

「はあ、ちょとおうかがいさせてもらいまっけど、先生はどちらの方でっか」

先生といわれてまさかエロ事師とも答えられず、我がなりわいおもしろく語るには、相手にとって不足。さあなんやろかと、黒の背広にものいわしておっとりかまえ、暇つぶしに話相手になると、このカボー別に阿呆でもなさそうだった。

「あんたみたいな男前やったら、仰山おなごできるやろが」

と、その肌の白さ、まつげのすだれの如《ごと》く濃いあたりに眼エつけていうと、「いやそっちはあきまへんわ」さよかそれで読めた、ほならかまっ気の方かいな、道理で腰つき

おかしいと納得し、もしそうなら、あんましなれなれしゅうすると夜中にへんなことしかけへんかと気になる。

「ぼくはまだ童貞ですねん」

「童貞てなんでや」

「なんでやいわれたらかなわんなあ、どういうわけか童貞おとすチャンスありませんねん」おとすとは妙ないい方だったが、人なつっこい男だから、「どや、わいでよかったら身許《みもと》引き受けよか」とスブやん、カボーの男前を買ったのである。重荷になるようなら叩《たた》き出しても、この調子やったら気イ軽い。

四

翌日、裁判所へ罰金おさめて、十二日ぶりでようやくシャバへもどったスブやん、まず事務所へ電話入れて、ポールへ言伝《ことづ》て頼み、その後しばし電話魔と化した。

「実はですね、ちょっとした間違いがございまして、臭い飯くわされとりましたが、ただ今無事落着いたしました。これからも張り切っていろいろ御便宜はからしてもらいまっさかい、どうかよろしくおねがいします、へえ今さっき出てきたところで、すぐ裁判所の前からお電話させてもろてます。これも人生経験ですなあ、いろいろおもしろい話もございますので、おひまな時みはかろうてお伺いさせていただきたいと——」顧客への挨拶《あいさつ》、たまにはサツへあげられることもええやろ、いわば胡椒《こしょう》きかしたるようなもんやで。

わが家へ戻るというても、恵子は学校やろし、まずなにより鬚《ひげ》でもそらんならんと、とりあえず伴的のアパートへ寄る。

伴的、部屋中にフォームラバーの断ち屑《くず》をまきちらし、妙なかたまりと取組んでいて、「どないやった、ポリスの具合は」

「へっさらや、サツの連中頭わるいで、まあそやけど、今度めアゲられたら体刑やろ、うまいことやらなあかんわ」と、手をのばし「これなんや」

これすなわち伴的苦心の男性用自慰具、有馬《ありま》土産のものに改良を加え、「この球押すとな、穴がチョンチョンとしまるんや」ゴム玉を押すととびはねる蛙《かえる》の玩具《がんぐ》にヒントを得たものだった。

「そいで、こっちの管からは、少しずつ乳液が穴の中に滴《したた》るよう考えてんねんけど、どうもこれみばわるいなあ。それに毛エも問題やで、あれリアリティ出すつもりかもしれんけど」有馬土産を伴的自ら実験したところ、糊《のり》ではりつけただけの毛がはがれおち、こちゃらの毛とこんがらがってもて、あとで往生したそうな。

「南極観測隊いうのんが、ダッチワイフ持っていたいう話やろ。あれどこでつくったんかなア」伴的一度みて研究したいといい、「ほなきいといたるわ、客の中に知っとんのおるかもしれん」

髭をそってさっぱりしたところへ、ポールがかけこんできて、「あ、どうも御苦労さんでございました」と、やくざ映画じこみか玄人《くろうと》っぽい挨拶をし、すぐに、「いや待ってましてん、間にあわんかおもてはらはらしましたわ」

「なんや」ときくと、東南アジアからのバイヤー接待のため、商事会社が女を十一名ほしがっとる。キャバレーのホステスやファッション・モデルにはもう飽きていて、もちろん素人《しろうと》いうわけにもいかんやろが、一見それに近いのを、まとめて世話してくれとの注文。こうなるとポールの手には負えず、ひきうければ、相手の肌の色ちがうだけに女の料金も倍額、手数料も一人五千円入って、約五万のもうけになる話を、むざむざ逃すのも惜しいと、やきもきしていたのだ。

「期日は明後日ですねん、ホテルの方だけはいちおうの手配しときましたけど」

意気ごむポールを、スブやん押しとめて、

「折角やったけどな、それ断ってくれんか」

「なんでですねん、十一人くらいやったらすぐにでも手配できるのんとちゃいますか」

いや、なんせブタ箱から出てすぐはあまりにやばい。やばいだけやないねん、なんちゆうたらええかな、今のコールガールとは、そろそろ手エ切ろかおもてんねんという。

「ほな、もういっぺんフィルムの方にもどるか」伴的が今度は意気ごむ。

「もちろんやるけど、今度わいがアゲられたのはええ勉強なったわ。客に売りつけるのは、どんなに相手えらんだかて危ない。まさかお客にやな、わいから買《こ》うたいうなと、強制するわけにもいかんし。となると、フィルム一本売りつけることは、一つずつ時限爆弾しかけとるようなもんや、われとわが身を吹きとばしてまうバクダンをな」

　ブタ箱でいろいろ考えてんとスブやんはいい、そのプランについては夜、ゴキやカキヤにも顔出してもろて、相談することに決め、「まあなんせ家へもどらんとな」立ち上ると伴的が、「あんたとこ、親類もあんまりないいうてやったな」「いや、あることはあるけど、あまりつきあいしてえへんねん、そやけどそれがどないしてん」

あのなと、口ごもりながらの伴的の話では、恵子がここ二、三日家に帰ってないらし

い。伴的とゴキは、さすがに一人やったら心細いやろから、夕方になど顔みせに行っていたのだが、

「おととい昨日と留守やねん、留守だけやったらどうちゅうこともないけど、新聞がな、夕刊も朝刊も溜《たま》っとって、どうも家へ戻っとらん様子やねんなア。あるいは友達の家にでも泊ってるか、親類のとこへでもいったんか思うけど、そんな話しとらんかったし」

「そらおかしな」といってすぐに心当りも浮かばず、「なんせまあ戻ってからのこっちゃ」と、スブやん慌《あわ》てて表へ出る。

表の四枚の硝子戸《ガラスど》もちろん錠がかかっていて、ふだん鍵《かぎ》をかくしておく、横の便所の窓をさぐったが見当らず、深閑と静まりかえった気配が妙に無気味で、うろうろするところへ、「先生、お待ちしてました」と声がして、ジョンジョンのカボーがあらわれた。スブやんが最後の青バスで送られて後、釈放されたのだ。

「おう」とこたえたが、今はそれどころでなく、戸口をのぞきこみ、硝子戸をたたき、どうにもらちがあかぬから裏へまわって台所の窓をはずし、「まさか自殺はしとらんやろな」と、恐る恐る中をのぞく。流し台は乾ききっていて、たしかに一日二日ではない不在とわかる。

「カボーな、身イ軽そうやから、こっから入って玄関の錠はずしてくれんか、鍵どない

かしてもてん」

いわれてひらりとカボー身をおどらせ、「へいおかえりやす」おどけて表の戸を開けた。「他になんか手伝うことありまへんか」「そやな、お茶菓子でも買うてこいや」とにかく家を調べてみなければならぬ。カボーを追い出し、箪笥《たんす》をしらべたが、そこは男だから、衣類のどれが失《な》くなっているかは見当つかず、ひょっと気づいて二階へ上り、押入れの奥にかくした銀行通帳と印《はん》こ探したら、これは見事にない。「あいつ、ヤサけりよった、なんとあほな」呆然《ぼうぜん》として、だが考えまとまらず、再びかけ降りて、書き置きでもないか、手がかりになる手紙でもと、そこいら中ひっかきまわし、「捜索願い出したろか、大阪におるんやったらまだ探すあてもあるけど、東京へでもとび出しよったら」銀行には五十万円近くの預金があったし、悪い男にだまされて、あげくの果てはどこぞへ売られるのがおち。

お春が死んだ後も店構えは床屋のままの、そのところどころ錆《さ》びの浮いた鏡の前で、しかし思えば母には死なれる、義理の父親はパクられる、家出しとうなるのも無理ないわなアと、鬚のそりあとなでながらスブやんしんみり思う。

「お待っとうさんでした」とカボー、焼《や》きするめ、かりんと、キャラメル、甘食《あましょく》など子供の遠足みたいな駄菓子をかかえてかえり、すぐと薬かんを火にかけ、これもこまめな男であった。

恵子のことはわいにも考えある、それよりまあこの計画をきいてえなと、その夜、勢ぞろいした一同、それにカボーも加わった五人を前に、スブやん虚勢をはって、今後の方針を語る。

「わいはこれで二度アゲられた。はじめは一万円、今度めは三万の罰金やった、次ぎはうまくいって体刑半年に執行猶予《ゆうよ》三年、四度目はなんぼ否認したかって弁護士つけて一年三カ月の懲役やろ。こらもう覚悟しとる、わいがひきうける。そやけど、これだけ覚悟する以上、わいも男や、人の真似《まね》してできあいのフィルム売ったり、エロ写真貼《は》りかえたり、あるいは貧乏臭い女をコールガールにしたてるだけじゃつまらんわ。いっぱつバチーンと、これがエロやいうごっついのんを餓鬼にぶつけたりたいねん」

顧客は貪欲《どんよく》な生徒であり、スブやんは教師だった。そしてこの生徒きわめて上達が早く、古ぼけた交媾《こうこう》の写真ながめ随喜の涙をながした男が、たちまちすれてカラーのブルーフィルムをあくびまじりに批評しはじめるまで一年とはかからぬ。そうそう奇想天外興奮感激のブツばかりは用意できず、ひややかなそぶりの顧客に対すると、とたんに一流会社幹部と市井《しせい》無頼のエロ事師の格差が身にしみてあらわれた。常に餓鬼の鼻面《はなづら》をひきまわし、一段高処《たかみ》にあって冷然と、いんぎんに笑っていられないのなら、どこに生甲《いきが》斐《い》があるんや。そら金もほしいわ、そやけど金だけとちがう、いわばこうシュバイツァ博士みたいなもんやろか、ヒューマニズムやで。

「ヒューマニズムやったら、そんなにひがまんでもよろしいのとちがいますか」大学中退のポールしたり気にいったが、スブやん平気で、「ヒューマニズムて、人救《ひとだす》けのふりして実は自分のすきなようにあしらうことちゃうんか」と答える。

なんせ月に一本、できたらシネスコトーキーの、フィルムをつくる。シネスコの画面はわいらの映画のためにあるみたいなもんやで、横にひろうて、男女のからみあいにもってこいやんか。トーキーはこのカボーが、もと芸能学校おったそうやから、そこの知り合いの女に金やって吹きこんでもろたらええわ。ストーリーをカキヤよう考えてくれ、あの六甲の医者のフィルムみたかてわかるが、手エはなんぼでもあるはずや、毎度あたらしい趣向こらして、餓鬼をフーンと感心させ、ニョキッと立てたるんや、ええなア。そいでわいは女をてがけるわ、女いうたかて古物やない、若い十七、八のんをつかまえて、徹底的に教えこみ、これがコールガールやちゅう見本を創《つく》ったる。

「そんなことというて、女どこから連れてくんねん」伴的がたずねると、「わいらあかんけど、カボーとポールにたのむねん。なんや知らん心斎橋や元町いったら、若い女で、男欲しゅうてうろちょろしとんが仰山いてるやろ、あれひっかけてくんねん。そいで金と男の味を、まっさらのうちから教えこみ、男の本性も心得させて、まあみとったれや、ばんとしたもんに仕上げたるでエ」

意気旺《さか》んにスブやんしゃべりまくるうちフト脳裏に恵子の姿が走り、「あいつも、わいの手エで仕立てあげたかったなア」

フィルムは売らんと観《み》せるだけ、それもゆくゆくは法人のみを相手の、ゴルフみたいな会員組織にして、月に一度日を決めて映写会をひらく、個人の趣味だろうが、社用の接待だろうが、それは利用する側の自由。女は、アパートに住まわせ、きちんとした素人の生活を送るようにし、営業はすべて一流ホテルで行う。みみっちくやるからサツに眼エつけられる、ドーンといっぱつ豪勢にやったら、外国の大統領接待の口がかかるようになってみい、曽根崎《そねざき》も桜田門もあるもんか、スブやんの夢は壮大にふくれ上った。

とはいっても伴的のアパートを出て、当分は家に住まわすカボーを連れ、帰る夜道の風は冷めたい。

「どや、かえってすきやきでもしょうか、千林やったらまだ店あいてるやろ、肉買《こ》うていこ」

「はあおおきにごっつぉうなります、そいであのちょっとおたずねしますけど、先生はそないして女を世話しはったりしてですな、御自分ではそっちの方どないしてはりますのん。なんや奥さんもいてはらんようやし」

「女房は死んだけどな、そらお前不自由してえへんわい」と答えながら、やはり、あのインポがふと気になった。ブタ箱出た夜を、恵子との初夜と心に決め、それがふっとはずされてしまった今は、やたらにはやった気持がうすれて、トルコへ出かける気にもならぬ。

「そや、お前童貞やったな、女欲しいおもわんのか」

「別段ありませんわ、不能者かも知れん」

みればみるほど青白く、瘦《や》せた体つきで、なるほどそうとも見えたが、顔立ちは昔風の二枚目、「そやけど女に追いかけられたことはあるやろ」「そらまあないこともないし、つまりはそれがもとで家かえられんようなりましてん」どないしてんときくと、「中学二年の時、継母に抱きつかれましてな、いや、おどろいたわ、舌がぬるっと入ってきよってから、もう気色わるうて必死で逃げてんけど、それ以後いうものは、父親おらんとへんなことしよりますねん。わいの手エつかんでいらわしたり、こっちのもんもなぶったりしはって」つい表を泊り歩き、家出の形となる。

いずれも血のつながりはないにしろ、義理の娘を押さえにかかって、まんまとインポになった男と、義理の母に襲われて不能になった男か、こらえらいコンビやでとスブやん考え、あわてて「いや、わいはインポやない、あら疲れてたせいや」と打ち消す。

年も押しつまってふだんならあちこちとびまわるところだが、今は自重してただ顧客《とくい》筋にせいぜい顔を出し、「いや何事も経験とはいうもののブタ箱だけはかないません。塩気ばかりのお汁に昆布《こんぶ》、これは通称ドブ板いうんですけどね、それにモグサと呼ぶおからの炊《た》いたのがお菜ですね。もっとも煙草《たばこ》には不自由しませんでした、けっこう房内に持ちこんどって、これを担当の眼エ盗んで廻しのみしますけど、こう」中気のように指をわななかせ、「細《こま》こう煙草を振ってますと、煙が目立たんのですな」と、その他刑事の言葉づかい、同房者の話など、虚実とりまぜその経験をきかせた。そして最後は、どんなひどい目にあっても、お客様には決して迷惑をかけない、どうぞ大船に乗った気でまかしとくれやすとのPR。さらに「来年になりましたら、少しは喜んでいただける趣向の心づもりもございます。女学生を手がけよう思うてますねん」とこれは餓鬼の期待をそそるため。

また一方、守口大宮町天六あたりの安アパートに住まわせてある松江達コールガールの始末もいそがしかった。古株の松江は、もはやどっぷりこの稼業《かぎょう》にひたり切った有様で、一つまちがうと客の眼をぬすんで枕《まくら》探しもやりかねぬ。スブやんとぼけて、「どないですか、ええ旦那《だんな》さんみつかりそうですか」と、ここのとこポールにまかせて顔をあわしてないのを幸いにたずね、「旦那さんどころか、お茶ばっかりひいてとんと不景気やわ、こうなったら誰でもええからたのむわ、正月も近いし」と答えるのに、「見損なわんといてもらいましょか、わいはあんたのポン引きやあれへんで。あんたのため思うて次ぎ次ぎに紳士を紹介してきたんです。そやけど噂《うわさ》にきくと、あんたは金さえもろたらそれでええみたいに、ひとつも積極的に交際しようとせん、これやったらパン助も同じことやんか」と、手きびしくバクダンかませる。交際もなにも、スブやん抜きに松江とつきあいはじめる客があれば、「あれはどうもわるいヒモがついてる」「病気にかかったらしい」とさりげなくほのめかして男をおどかし、あたらしい女に乗りかえさせ、だから手数料のもうかる仕組だったが、それはごく内証のこと。

「援助を求める地道な交際がいやなら、それはそれでよろし、ただしわては手エひかせてもらいます。こっちも将来ある体や、売春斡旋《あっせん》でひっくくられるのはいやや しな」とこれはやや本音を吐き、もし男ならだれでもいいという今の気持なら、それはそれで専門がおる。どや紹介しましょかと、今度はやさしくきいて、この緩急自在は刑事仕込み。

スブやんの仲間に女ボスがいて、これはコールガール十数人をあやつり、豪華なマンションの八畳間の床にいっぱい一万円札を敷きつめて暮すという噂だった。これにおっつけてしまえば、その先きどうなろうと知ったことではない。

松江の他にも三人をとりまとめて、女ボスにひきあわせると、話はとんとん拍子にまとまり、「まあひとつ仲好《なかよ》くやりましょ、うちはビジネスライクな方でね、働きやすい思うわ。あんたらは私を、他人ばっかしに商売させて、自分はピンハネしよると考えるかも知れんけど、そうやないねん、うちかて戦後すぐには東京の有楽町で男ひいたこともあるわ、そやけどこう年とったら誰も相手にしてくれん。もしできるんやったら、うちを男に紹介してくれてもええねんよ、高い手数料払いまっさ。男から見向きされんようなったら辛《つら》いものよ。そらもう商売できる人みてると、うずうずしてきて、こんな気持まだわからんやろねえ」

女ボスは男っぽい口調でこういい、なるほどこれは同性に対するうまい口実であった。

女達をかえらせてからスブやん、「ぬれてで粟《あわ》のタマ四コ紹介してんから、こら礼いうてもらわんとあかんな」恩着せていうと、「あほらしい、あれくらいの女やったら、いくらでもつかまえたるわ」とてんから相手にされぬ。

「つかまえるいうても、やっぱし金と暇かかるやろ」

「どういうことないよ、人妻かてＢＧかてこれとみこんだら、まあ一月でおとしたるな、嘘《うそ》やない、あんた好きな女できて、おばはん頼むいはるんやったら、ちゃんと寝させたげるわ。もっていき方ひとつで女はすぐ寝るし、金で買われることに、そんなにこだわらんもんや、天性そう生れついとんやな。うちなんか、表歩いてる女みたら、一万円札にみえるで、ああこの女やったらまず二万はとれる、この姉ちゃんは初め五万でも売れるといらいらするで。というて大阪中のおなごを世話するわけにもいかんしな」

「人の奥さんでも大丈夫でっか」

「子供おったって寝はるよ、うちょうその間赤ん坊抱いてあやしたっとることあるもん」

さすがのスブやんも、こらわいなんか甘いもんや、女はものすごいと感歎《かんたん》する。

「まあここの勘定はうちもつけどな」と、スブやん自身としてはビール一本にサンドイッチ一皿で女を渡した勘定、まあしかし、本音としてはのしをつけてでも引きとってもらいたいところであった、文句はいえん。

残りの、まだ垢《あか》のつきぐあい薄い女二人には、女の幸福はやっぱし結婚やわと懇々とさとし、郷里へかえるなり勤めるなりしなさい、これはすくないけれどと五千円ずつ渡して、まあこれでいざという時、「わいは金与えてまで更生させよう思いましたんです」胸張って申し開きできる勘定。

恵子からなんの音沙汰《おとさた》もなく、学校を無断長期欠席で除籍されたのはいいとして、さすがどこへ行ったかと気になった。雑踏にまじって歩きながら、ふとよく似た姿に、胸をどろかせ前へまわると似ても似つかぬその落胆も、くりかえしては、もうたしかめてがっかりするのがいやで、ただ後からどこまでも尾行してみたり、そして夜は恵子の部屋に床をのべ、下着やらセーターを抱きしめて寝て、もはや到底、撮影にそのセーラー服を貸すなど、考えられない。

「どこへ行きはったんでしょうな」事情をきいたカボー、ときおりなぐさめるつもりでつぶやき、それには「まあなんとかやっとるやろ、子供やいうても来年は十八なんねんさかい。そやけど居所くらい知らせてもええやろに、やっぱし血のつながらん間はあかんのかな」と、精いっぱいの強がりをいうが、実は内心、義理の娘の家出とだけではすまない苛立《いらだ》ちがある。というのも、暮れのある夜、伴的、ゴキをともなって飛田へ一年の厄おとしとくりこんだのだが、いざとなると、スブやんあの恵子の時と同じ茎痿《けいい》となり、これは相手が専門家だからこっぴどく嘲笑《ちょうしょう》され、「なんや年若いのに、立たずとはあほくさ。来るとこまちがえたんちゃうか、病院でみてもろたらどないやのん」さんざ悪態のあげく、女は廊下にでると別室の伴的に、「お連れさんもう終りはったよ」と呼びかけた。懲《こ》りていたから酒も飲まず、前日はよく寝てコンディションに欠けるところはまったくないのに、これはいったいどういうこっちゃと、スブやん深刻に考えこみ、そこで得た結論は、「そや、わいは恵子に惚《ほ》れこんでしもたんや、惚れた女に不覚をとったから、こう全部にあかんようなってしもたいうわけや、なんとしても探し出して、恵子をしっかとわいのもんにせな、わいはいつまでたっても、なにしたかてインポのまや」

おそまきながら新聞にも広告を出したし、カボーにも恵子失踪《しっそう》をうちあけ、協力をたのんだのだった。

やがて正月、女っ気のまったくない松の内をカボーと二人で過ごし、さてお飾りがとれると、恵子は恵子、エロはエロ、スブやん壮大なプランの達成にとりかからんならん。

既製ながらダークスーツに靴はイタリア製をはりこめば、ジョンジョンのカボーとっちゃん坊やのポールのコンビ、けっこうええしのぼんちにみえるのを、心斎橋は土曜日の夕刻に引き出して、「わいはここで待っとるから、二人して女ひっかけてくるんや。お茶のもかいうて誘うてな、それでわいがこないしたら」と、やや禿《は》げかけた頭に手をやり、「OKのしるし、なにもせなんだらペケちゅうことや、OKの場合は二人で夜おそうまで遊んだり。せいたらあかんで、ダンスホール行くのもええし、ナイトクラブ案内したってもよろし。あくまでええうちの息子みたいにして、あとあとまでつきあえるよう、まず何より住所電話、学校勤め先き聞き出すねん」カボーは滝井、ポールは門口と忘れんようお互いの住まいにちなんだ変名、そしてまたTVディレクターに外科の先生と、前歴を考えて肩書きも用意した。

「ひっかけるいうて、わし苦手やなあ」

カボー弱音吐くのを、ポールは、

「きっかけはぼくつけるて、あんただまってその男前みせたってくれとったらええわ」と決まり、二人は出かけた。スブやんの心づもりでは十七、八から二十まで、まだ結婚も考えず、ただもう遊びたい盛りの、しかもあの恵子とその友達のように性的好奇心ではちきれんばかりの女をひっかけさせ、男あそびといってもそこは大事なタマだから寝る寸前までの、その楽しさと、どうせBGで月給一万五千、学生なら七、八千どまりであろう小遣いでは夢にも考えられぬ贅沢《ぜいたく》の味をおしえこむ。そしてその間に、スブやんさりげなく割りこんでじわじわと女の心にくいこみ、理想のコールガールに仕立て上げるのだ。

「声かけるて、どないいいますのん、やっぱりもしもしいうて」とおどおどするカボーに、「あほな、電話とちゃうがな、学生時代よう銀座でやったもんやけど、ここであのスケコマシの経験が役に立つとは思わんかったわ」ポールはなれた眼つきで、大丸のウインドウの前にたたずみ、まるで縁日の夜のようにはげしく行きかう人並みをながめる。「あれいこか」と指さしたのは、パーティの帰りか訪問着にカクテルドレスを着こんだ三人連れ。

「あれ三人ですよ、人数あわんのとちがいますか」

「いやその方がよろし、二人と二人やったら警戒されてまうねん」すたすた歩み寄って、さりげなく並び、

「お茶でも召上りませんか」と、見事な標準語を使った。

三人連れはポールとその背後のカボーをながめ、しかしすました表情で歩きつづける。

「ほんの五分でいいんです、決して手間はとらせません、三分、一分でもよろしい」まるでセールス・マンが閉ざされたドアに呼びかけるようにポールはしゃべりつづけ、三人連れの歩みにようやくブレーキがかかった。ポールに近い側の二人は顔見合わせてにたにたと笑い、すでにその気になっているが、残る一人はハイヒールの踵《かかと》こつこつ鳴らしてそっぽむき、これが三人の中ではいちばん醜い面《つら》だった。

「そこ入りましょか」

ポールは一切頓着《とんちゃく》せず、すぐ手近かの喫茶店に向い、先きに立ってもう女がついてくるものと決めこんだ様子、カポーどうしていいかわからず、つい口癖の「ジョンジョンジョン」とつぶやくと、それが気楽な印象を与えたのか、

「ええやないの、おごってもろたら」

と一人がいい、とにかくスケコマシのきっかけがついた。

いざ向きあって坐《すわ》ると、いちばんしぶっていた醜女がよくしゃべり、コーヒー飲み終える頃にはすっかりうちとけ、「よかったらもう一軒いきましょか」と、今度はさぞやいらいら待ちかねているだろうスブやんにお目見得させ、OKのサインでたから、「アローで踊りませんか」「アロー？　いやアすごいわあ、うちまだいったことない」「こんな着物でおかしないかしら」女達はたわいなく感激して、すべてとんとん拍子。

三人のうち二人は家に電話があり、スブやん「電話くらいひいとるとこの娘やないとあかんわ」と一人をはずし、「要領わかったら暇つくってボーリング場、中之島《なかのしま》、ダンスホールどこかてええ、ジャンジャンひっかけてわいにみせてんか。他のことは考えんでええわ、当分それが仕事や」といいふくめる。

伴的チームはまた新機軸のフィルムのアイデアに、カキヤが頭をしぼり、やれ町娘と浪人の落花狼藉《ろうぜき》やら、団地女房とセールスマンの組合せに亭主がからむ筋書きやら、と

っかえひっかえシナリオをスブやんにみせたが、「そういうのは嘘やで、ありきたりやがな、もっとこう胸にぐっとくるシーン、誰でもが観《み》たいう場面ないか」なんせわいらの客は見巧者《みごうしゃ》になっとる、どうせ素人《しろうと》の板につかん浪人姿みただけで、ははん時代物ときましたか、まあ拝見しましょと、心にゆとりをもちよるんや、そうやのうて、ファーストシーンからばちっとスクリーンに魅《ひ》き入れられてまう、つくりもんでありながらも、それを忘れさせるもんが欲しい。

「誰でも観たいうたらなんや」とカキヤが困惑していい、うけてゴキが「新婚初夜なんて観たいんちゃうか」新婚？　こらええ題材やで、いちばんオーソドックスで、しかも今までブルーフィルムにはなかったストーリーやとまずスブやんがのり、受けて伴的「よっしゃ、結婚式場へもぐりこんで、ごつい美人の花嫁さんの式撮ってきたるわ」「音入れるねんやろ、ほなそこでわい結婚式の祝詞《のりと》あげてもええで」とゴキうれしそうにいう。「よっしゃ奇をてらわんと、ごく当り前の新婚夫婦の式からハネムーンへの旅立ち、初夜のお床入りまでやるか、それで花むこが嫁はんの処女性うたごうていろいろ調べるのんも入れたらどうや」伴的たちまち演出プランをあれこれ思いえがく。

「ほなまあたのむわ、わいあした早いよってはよ寝んならん」スブやん立ち上り、「早いてどこいくねん」「なんやしらん、ラッシュを案内せんならん」「ラッシュ？」「ああ通勤ラッシュで、若い女と女のサンドイッチなってみたいいうおっさんおんねん」

兼坂の依頼で、お座敷幇間《ほうかん》をつとめた時、なに気なく週刊誌で読んだ痴漢の記事を、オーバーに脚色して披露したことがあった。

「金さえ払《はろ》うたら、ホステスさんのヒップを自由にさわれま、もっと先きのことかて、かなえられま。しかしですな、まったくの生娘である女学生やら、あるいは初《う》い初《う》いしい若女房のヒップ、バストの感触は、こらいくら金払うても味わえまへんやろ、いや、ただ一つだけおます。それが通勤ラッシュですわ。まあ考えてもみておくんなはれ、あの押しくら饅頭《まんじゆう》の男と女の、どれか一組を表へそのままそっくりとり出したら、こらえらいことですよ。男と女の脚がみっしりとからみおうとる、顔はお互いそむけたなりでも胸はぴったりあわさっとる。まあ、重役さんのように車で通勤しなさる方には想像もでけませんでしょうが」女学生のヒダの多いスカートがいかにまくれ易《やす》いか、その両脚の間にさし入れた洋傘をどうこじるか、背中へまわした指加減ひとつでブラジャーのホックなどすぐにはずれ、その時、女はどういう顔するか。スブやんとても自由業の一種で、ほんのたまにしかラッシュの経験はない。だがしゃべりはじめると自分でも、「わいは天才的な嘘つきちゃうか」と思うほど、次ぎから次ぎへ出まかせが口をつき、「あの折畳式傘おますでしょ、あれなにやら男のものに似てますな、これがいろいろとおもろいし、電車の震動でつい女の後にくっついたままニョッキとなってもうて、テキもそれに気づいてもぞもぞ体をうごかすやら、痴漢というてもいろいろおまして」と、以後は仕方断《しかたばなし》、兼坂に床柱しょわせて立たせ、「こう横から前へ手をまわして、手の甲でオッパイさわるのが、いうたら初段ですな」初段？ ときさかえす重役に、「へえ、碁や将棋でいう段ありますでしょ、あれの初段です」二段になると掌《てのひら》でぴったり覆《おお》うて、しかも女をびくとも動かせん、三段はこうで四段はこないして、「ほな名人になったらどないなんねん」「へえ、名人になったらもうこれは技術の極致でっさかい、お婆《ばあ》さんな、お婆さんにわるさして、おしっこもらさせてまういうのが、わいの知り合いにおりま」

フーンと感にたえぬ溜息《ためいき》を重役はもらし、その場はそれで一万円もろて引き下ったが、すぐ兼坂から連絡があり、「あの重役さんな、是非入門したいいうとんねん」「入門？」「ああ、痴漢術ちゅんか、あれを教えてほしいいうて。なんせあの人趣味ひろいし凝り性でな、碁は四段将棋は初段、他に長唄《ながうた》も名とりやしゴルフもハンデ十二やねん。そやから痴漢も、まあ三段くらいにならんと、気イすまんやろなア」という。こらえらいこっちゃとスブやん当惑した。スブやんラッシュにのりあわせたって、ただうっとうしいだけで、それはもちろん男のそばに押しつけられるよか、若い女の方がええにはきまっとるが、それ以上に不逞《ふてい》なことをたくらんだことはない。ないがこういわれては後へはひけず、そしてその重役痴漢入門の吉日が、明朝であった。

勝手知ったる守口駅、七時半の約束、重役は寝屋川の家からここまでタクシーをのりつけ、降りるなり、「いやひとつよろしく御指導ねがいます」と一礼して、こらほんまに碁でも習うつもりらしい。

「なるべく混んだドアを狙《ねら》いましょ、いちばん最後から眼エつけたとこへエイヤッと入りこむんですわ」「なるべくやったらセーラー服の女学生をなんとかしてもらいたいんですがねえ」重役は、ひたすらたより切っている。

「こつはですな、びくびくしないことです。決然としてやる、ためらってると向うも勇気がでて声をあげたりつねったりする」

「フーン、そらまずいですな」

「いや私がおそばについておりますから、万一の時はおたすけいたします」ハハア、自動車の仮免みたいなもんですなと重役つぶやき、きょろきょろ獲物を探しにかかる。

「ああいう女は」スブやんハイヒールに濃いめの化粧したBG風を指さし、「ラッシュなれしてるさかい、図々《ずうずう》しなっとるからうっかり手エ出すとひどい目にあいま、ちょっと手頃なのを今みつけまっさ」というちにも、ひっきりなしに電車が発着し、そのつど波がうちよせ、ひく如《ごと》く人がもみあって、とてもより好みするゆとりはなかったが、ようやくスブやん十五、六の女学生をえらび出し、「あれいきまひょ、セーラー服の襟《えり》をみて下さい、少し大き目にはだけさせとるでしょ、ああいうのは丁度色気づきかけとるんで、つまり恥かしいさかりやから、なにかされたらもうカーッとなってさけぶもなにもできまへん、よろしな、あの後へまずぴたっとついて」

とはいうものの、ラッシュなれした獲物は、ジャングルへ逃げこむ栗鼠《りす》のようにすいすいと人の波にわけ入り、ひきかえスブやんと重役、よたよたとおくれ、到底ぴたっとよりそうどころか、前後左右どちらをむいても筋骨たくましい男どもの中に押しこまれる。

いったん京橋で見切りをつけ、降りるとすぐさま下り京都行きに乗りこみ、「今度はわいにくっついてきて下さい、なんとかチャンスつくります」

もう一度守口からやり直し、スブやんより好みなしに女の乗りこむドア見定めると、発車のベルぎりぎりになってから、重役をそこへ押しこみ、かろうじて自分も乗る。さあうまいことといったやろと、体をねじってみると、いつの間にか女はスブやんの左、重役は右にならんでいて、こらぐつわるい。重役と入れかわればいいのだが、とてもそのゆとりはなく、しかたがないからスブやん、重役の腕をとると、左へ誘導し、せめて女のヒップなりさわってもらおかと努力するうち、森小路あたりで電車急ブレーキをかけ、乗客どどっと前にのめり、スブやんと重役の間に別の男が入りこんで、どうもこうもならん。「こらあかんわ、というて、電車一台借り切って、痴漢養成電車を走らすわけにもいかんし」スブやんあきらめかけると、そのヒップのあたりにもぞもぞうごめく掌があり、首をまわしてみるとこれは重役らしく至極御満悦の表情。

「あんたのおいど、女みたいにぷくっとして、うちなんかよりよほどやわいわ」ぴたぴたと尻《しり》をたたきながらお春のいった言葉をスブやん思い出した。

「いやあおおきに、きびしい半面これはたしかにおもろいわ」

淀屋橋《よどやばし》までそのままのポーズで来て、重役は汗をふきながら礼をいい、いやあこの指に残っとるよ、あのふくよかな感触がねえ、たしかにあの混みようやったら、女の方もどないもならんわ。よう若いもんがラッシュで疲れるちゅうようなこというよるけど、意気地ない話やで、ええチャンスやないか。

「そやけど重役さんなんか、なんぼも好きなことでける身分でありながら、ただ指でさわるだけ、それも着物の上からいろうて、それでおもしろいんですかなあ」

「そらおもしろいで、いや、わしなんかもう特に女を抱こうとかなんとかいう気が起きへんねん、芸者かてホステスかてどうということないわ。そやけどこないだのあんたの話なあ、ラッシュにまぎれて若い女を抱きしめる、それだけやない、うむいわせずわる

ぶりに乳房いじり、ちょっと夫婦もええもんやのうと、ひさしぶりにかなしいくさにしかけたら、自分から身を寄せてきて、あとはきまりのコースなのに、

さをしかける、うまいことといったら毛エのタッチかてできるいうのきいた時、久しぶりでもりもりしてきよってん。じっと唇嚙《か》んで我慢してる女学生、それを残酷にいじめぬくいうこのことが、ごつい刺激になりよったらしいわ」重役はお礼にといって一万円札を渡し、「せめて段位とれるまで、たのみますわ」と頭を下げた。

「つまりあのおっさんも、ありきたりなもんではもうぴんとこんようなっとんやな、セックスは常にあたらしいもんでなかあかんわけや、ゆくゆくは」と、その夜再び集めた一同にむかってスブやん痴漢電車の構想を語った。「ふだんラッシュなんか知らんえらい人ばっかり集めて、それで女と一緒にすし詰めにしたまま旧京阪バーッと走らすねん、こら喜びよるで」

「つまり、乱交みたいなもんやな」とポールがいう。

「乱交か、まあいうたらそんなもんや」そしてスブやん、ふと餓鬼どもの行きつく先は、たしかに乱交かも知れんなと考える。型にはまった一対一のセックスの正反対は、何十人もの男と女が入り乱れて、相手かまわず、もう年も身分も、面のよしあしも関係なく、ただもう雌《めす》と雄《おす》にかえりごちゃまぜになって抱きあう、そういうことやないか。よし、いつかは乱交やったろ、いやわいはきっと乱交パーティを主催することになるやろ、漠然とした予感のようなものを、スブやんはいだいた。

一月カボーとポールは、奈良京都まで脚をのばし、ますますなれた口調のポールと、一月たってもまだ怖気を残して、「いやポールさんあれあかんのとちゃうか、なんやきつそうな顔してはるよ」とためらうカボーの、その初い初いしさがいい按配《あんばい》に釣りあって、ひっかけたタマ二十六コ。内訳はBG八コ、女子大生五コ、女子高校生三コ、喫茶ガール三コ、美容師の卵二コ、女工二コ、人妻二コ、ファッション・モデル一コ。

「なかなか贅沢《ぜいたく》させるてむつかしいですわ、せいぜい法善寺の鮨屋《すしや》へ行って、コンパでハイボール飲むくらいでころころよろこびよる。六甲山《ろっこうさん》ドライブしようかいうたら、もうもったいないから、ケーブル乗ろうて、けちくさいもんですわ」

それがええねん、そういうしおらしいとこが宝やがなとスブやんよろこび、とりあえず初夏の一日をえらびかねて懸案の遠出を、こころみる。

「そりゃしかし、後が怖《おそ》ろしいよ、第一、私の娘より年下だろ十六といえば、いかになんでも気がとがめるねえ」

スブやんに、次ぎの日曜、女子高校生三人と、志摩半島へあそびにいかないかとさそわれて、化粧品メーカーの宣伝部長は、口でこそためらいながら、やたらと煙草《たばこ》の灰を小きざみにおとし、内心気おいたっている様子。

「いや、今度のことはですね、まあ昔中国の皇帝が若い女を両側に寝かせてその精気を吸いとって若がえったという、まあそういったことでして、あくまで一緒に遊んでたのしむ、そして今のハイティーンの考え方とか行動にじかに接してもらうことにより、あるいは御商売の参考にもなるかも知れんと、こういうわけでして、後々の御迷惑は決してございません。なんせふつうの娘ですねん、ちょっとまあ遊び好きなだけの」

臆病《おくびよう》な中年をひっぱり出すには、もっともらしい理由を用意してやる必要があった。ではその若い女性の話をきくということで、会ってみるかねえ、たしかにそういう機会を我々はもたなければいけないんだよ、こういう商売してると常にリサーチを考えないかん。ようやく腰を上げた。

タマは、女子高校生をえらんだ。十六とはいっても制服を脱ぐとまったくの大人で、なれぬ化粧の稚《おさ》なさが、ようやく年相応にみせるほど。上六《うえろく》からカボーに連れられたタマ三コ、志摩へ向けて発《た》ち、賢島《かしこじま》ではスブやんと部長が待ちうける。場所は漁師、といっても収入の半分を真珠養殖にたよるそのあばら屋を借りて、これは志摩の親戚《しんせき》で真珠を安く手に入れたるという、少女達への口実のためである。やがて昼近く一行がつくと、部長はもうまるで脚が地につかず、あらかじめ真珠会社の重役と役をふったせいか、「真珠はもっとも古くから人類にある宝石でして、つまり他の石は加工しなければならないのに、パールはそのままでアクセサリーとして使えるからです」など、学校の教師みたいなこといいよる。

「お嬢さん方モーターボート乗りはりませんか」スブやんすすめると、女三人キャアキャアとはしゃぎ、「そういうこともあるおもて、うち水着もってきたわ」とテキも心得たもの。「まだ寒いんじゃないかね」とまるで親心だして心配する部長に、「若さですがな、若ければ冬の海でかて泳げます」女を一室に追い込み着がえさせ、「カボー、モーターボートたのむわ」「ぼくも乗っていいかな」部長はうろうろとたずね、「まあのんびりいきましょ、まだ陽は高いですわ」

爆音と共に女とボートが去ると、スブやん部長を手招きして、「ちょと、所持品検査しましょか」「ばれるよ君、そんな」いちいち文句をいうが、「大丈夫」と太鼓判押せば、「そうかねえ」と相好たちまちくずすし、満身これ助平心にみなぎっとる。

さすが女らしく、つつましやかに脱ぎ捨てられたその下着を、順序くるわさぬよう一つ一つとって、「これはなんですかな」「ガ、ガーターじゃないかね、家の娘も使ってるようだが」「ほれみなはれ、女学生かてカラパンですわ」「あでやかなものだねえ」まだかっこつけたがる部長に、どないです臭《にお》いかいでみまへんか、脱いだばかりのほこほこでっせとけしかけ、はじめ少し顔をちかづけただけの餓鬼、やがてたまらなくなったか、パンティを頭からかぶって、息をはずませる。

「どないだ、若がえりまっしゃろが、女の精気せいぜい吸い取っとくんなはれ、ほれ、こっちにもありまっせ」スブやんは部長を冷めたく見やりながら、前後の見境いなくなった部長の、手当り次第あれこれひっかきまわすのを、ひとつひとつ元にもどし、そや、それでええねん、上《うわ》っ面《つら》すましとったかて、欲しいもんはひとつやで。

女達にまといつかれ、げんなりしてカボーがかえってくると、「ほれ、今度は重役さんが乗せてくれはるそうやで、あんたらうまいことべんちゃら使《つこ》うたら、ごつい真珠の一つや二つくれはるかも知れん」スブやんわざと野卑にいった。もう女ははしゃぎきっとる、ちょいと欲にからめたったら、乳いらわすぐらいさせるかもしれん。

「どないですか、うまいこといってますか」カボー心配そうにきく。

「ああ、もうぴんぴんしてはるがな」

「そら、元気あってよろしわ」

スブやん、海にびっしり浮かんだ真珠養殖の筏《いかだ》と、その間をダンプのように走りまわり、爆音ひびかせるモーターボートながめながら、

「カボーはあないして、水着の若い女にかこまれて、なんともないのんか」

「いっこもなんともありません、若い女いうのんは、なんや蛍《ほたる》みたいな臭いして、ぼくは好かんな」

「蛍みたいて、どんな臭いや」

継母に追いかけられて身の置きどころなく、加古川の堤防に夜通し寝ころがっていたカボーのまわりを無数の蛍がとびかい、ふっと手をのばして掌ににぎると、はかなく潰《つぶ》れて汁がでて、その時、なんともいえぬ臭いが強く鼻を刺した。「なんやしらん蛍いうたらかわいらしいもんでしょ、そやけどきつい臭いしてますねん、生臭い感じでね、あの女の臭いも蛍みたいやったわ」

「そら鼻がよすぎるんちゃうか、なんせお前かわっとるなあ」

「変ってるいうたら、おやっさんかてふつうとはちゃいますよ」

「どないちゃう」

「こないだもポールさんもいうてはりました、おやっさんえらい苦労して、人に女とりもたはるけど、いったい自分はどないしてはんねやろいうて」

「そういわれたらそうやな、金ほしいてやりはじめたことやけど、近頃はまあ、そればっかりでもないし」

「それはわかってま、おやっさん自身のセックスの処理はどうなっとるか、ぼくらにはさっぱりわからん」

「わいは、なんや女欲しゅうないようなったみたいや」

はあ、ほならインポですか。いや、わいの父親もそれでしてね、それでまあ後添いの女房いらいらしてからに、わいにしかけてきよったんやけど、えーと、なんやったかな、父親の飲んどった薬の名前きいたことあったわと、カポーぺらぺらとしゃべり、それが腹立たしく、「うるさいわい、ほっといてくれ、時がきたらばんとするんじゃ」

その時とは、すなわち恵子にふたたびめぐりあう時、恵子をわがものとし得た時。

「ポールさんの話では、おやっさん自分がでけんようなったから、人に女抱かせて、そいで満足しとんのとちゃうかアいうて」「そらちゃうな、わいがやっとるのんは、男のあわれさにひかれたからや」「あわれさて、なにがですねん」「エロ事師を長年やっとってみい、それがわかるんじゃ、あわれな男どもやで、どいつもこいつも」

夜になると、近くのホテルのバアへ移り、真珠の餌《えさ》が効いたのか、女三人入れ替りたちかわり部長とチークダンス、まずはめでたく遠出のこころみは成功。往復の旅費、部屋代、三人に二箇ずつの安真珠、その他に二万円を部長は払い、くれぐれもまたの逢瀬《おうせ》をたのんだ。結局どの一人とも特別な約束をむすぶまでにはいたらなかったようで、不器用な男じゃと嘲笑《あざわら》いながら、そやさかい、わいが面倒みたんならんのや、ヒューマニズムや。

スブやんのもうけはうすいが、すくなくともこの女学生三人、見知らぬ男と一日を過ごし、スレスレの遊びを楽しむというあたらしい体験に、まず一歩ふみこみ、後二、三歩でもはや引きかえせぬ深みへおちこむはず。ドライブ、真珠、ダンス、ブランデーコーク、重役、別荘などがきらびやかに女たちをからめとるのだ。

「どうせ観《み》せるだけで売ること考えんねんやったら、いっそ十六ミリで撮ったらどないやろ」伴的が、スブやんの家へやってきていった。六甲の医者からガメたベルハウエルの撮影機があそんどるし、人間も数そろとる。十六ミリなら粒子細かく画像は鮮明、後で音をあわせるにも便利、第一、八ミリというとなんやじめじめして陰気くさいが、十六ミリやったらデーンとでかいし、そらもう迫力がぐんとちがう。

「そんなん持ちこんで目立たへんか」「心配ないわ、撮影現場も、安ホテルやめて、中之島近くの大ホテル借りるねん。わいが調べたとこやと、応接つきの部屋で一日八千円位、機材はトランクへつめて、なんやったら航空会社のえふだひらひらさして持ちこんだら、誰も怪しまんわ、そいで他の連中はそこへたずねる客いうことにしてみ、こら文句いわれる筋合いない」静かやし、エアコンディションもきいとる、少しぐらい高《たこ》うついても、便利さからいうたら絶対や。

よっしゃそれいこかとスブやんも賛成し、なんせ今度はカメラの移動からして人手が要ると、カボー、ポールまで動員しての撮影は、大阪一のゴールデン・カンサイホテルで行なわれる。

ホテルの部屋は、中ほどのしきりによって二つに分けられ、奥にダブルベッド、手前が応接セット、そして中じきりは必要に応じて片寄せられたから、カメラ操作にはもってこい。まず伴的、室内でカメラをまわし、「いくでえ、よっしゃ」と声を立て、それを廊下のスブやん耳かたむけて、「カメラの音は大丈夫や、そやけど伴的の声、その気になったら聴こえるわ」と、まず防音調べ。今回のタレントは、カボーが芸能学校へ行ってた頃の知り合いで、今は南でバーテンの、背の高い二枚目と、女はポールのひっかけたファッション・モデル、といっても下着専門の三流で、金になるならととびついてきた。この二人には、本番はやらせないのだ。「ブルーフィルムいうたら、あほみたいにそこばっかしを撮るけど、あんなもんどないにしたってうす汚ないわ。むしろそれは暗示にとどめて、男と女全体の動き、それに微妙な表情の変化を追うた方がええ思う」と伴的主張し、第一これならタレントも、ぐっとええのんが使えるし、でき上ってやっぱしもの足りんかったら、そこだけは吹き替えでつけ加えてもええ理くつや。

すでに本町のデパート付属の結婚式場で、ウェディングドレスにモーニングのカップル、伴的に狙《ねら》われたのが身の因果、まんまとおめでたい表情をうつしとられていて、さらに大阪駅では、バンザイバンザイと新郎新婦を送る人垣まである。「みんな、記念のフィルムやろおもて、怪しみよらへんかった」そうだ。

男は上半身裸体で応接間に坐《すわ》り、女が寝室でウェディングドレスを着るシーンから撮影がはじまる。これつまり、亭主は、妻のウェディング姿のところをもう一度しげしげ観賞したくて要求し、妻恥じらいながらもこれに従うところ、「新婚旅行にそんなもんもっていくかな」ポールが首をかしげたが、「あほ、こういう嘘《うそ》はええんじゃ」と伴的気にかけない。

呎《フィート》数を読むカボー、編集のためのメモをとるカキヤ、ゴキはバスで必死になって頭を洗う。これは泡《あわ》をつくるためで、泡にまみれた妻を、亭主がいとしそうに抱きしめるシーンが次ぎに予定されていて、さてその泡がどうもうまく盛り上らず、困っているとゴキ、「泡つくるんやったら、頭洗うといっちゃんようでるわ、固《かと》うてしまった奴《やつ》が」といって、その役をかって出たのである。

やがて胸にカトレアまで飾ったファッション・モデル、衣裳《いしよう》のせいか本物のように緊張してあらわれる。それを半裸のバーテンうっとりとながめ、やがて矢も楯《たて》もたまらず押し倒すまでがワンカット。つづいて、バーテンの表情のクローズアップ。今度はバーテンの視線の感じで、モデルを下からパンアップし、すむと、「さあ、ここのとこへ白墨でしるしつけてんか」モデルの位置を決め、モデルは今度はブラジャーとパンティだけの姿となり、さきほどの位置に同じポーズで立ち、ホンの十秒カメラをまわし、その後は身をかくすすべてとり払って、下半身を掌《てのひら》でおおうその姿。「これはやな、嫁はんの姿みるうちに、男は空想の中で、段々に裸にしてまうというわけや」さ、裸になったとこで風呂場《ふろば》いこかと伴的怒鳴り、外へきこえるでえとスブやんたしなめたが、いったい何がどうなっとるのか、撮影の進行とストーリーがのみこめず、おたおたするだけ。ゴキ苦心の泡に身をひたしたモデル、すっかり気をよくして、外国映画の真似《まね》だか、さすがにすらりと延びた脚を宙に伸ばし、それを「あかんあかん、せまりくる初夜に脅えて、そうやな胸を抱き、ひっそりした恰好《かっこう》してみて」と、伴的にはすべてのイメージが明確にあるらしく、こと細かに指示を与え、貧相な男が、この時ばかり抜きん出て凛々《りり》しい。

ベッドには、わざわざ買い求めたピンクのシーツを敷き、これは色彩効果と、あまり汗がしみたりしては後で怪しまれるから。行為はほとんど毛布に体をかくして撮影され、下腹部はまったくカット、しかもバーテンにはズボンはかせたままだったから、かえって気楽に動き、モデルもしつこいほどのテストをくりかえすうち、すっかり興奮して、抱きすくめられるたび、切ない吐息もらし、玉の汗をうかべる。

「ええな、ただじっと抱きおうてくれてるだけでええねん、それからまずいこ」

つづいて乳房にくちづけ、さらに下腹部へ男の唇がむかうとみせて、カメラはただモデルの表情だけを追う。「そのまま二人とも動いたらあかんで、あのな、誰でもええからモデルさんの足の裏ひねったって」いわれるままにポールが毛布少しまくって、汗まみれのその脚をぐいっとひねる。「痛いっ」とモデル顔をしかめると、よし、その顔つきや、少し我慢しててや、ひねりつづけるポールの耳にジーッとカメラがひびき、「カット」といわれて我にかえった時には、モデルの脚に青い跡がついていた。「疲れたやろから休んでええわ」タレント二人を応接間に追いやり、「カキヤはん、ちょっと毛布の下にもぐりこんで腰つこうてみてんか。フーンやっぱし一人やったらぐつわるいな、スブやんたのむわ」いわれて男二人毛布の下にもぐりこみ、変な風にカキヤが体をうごかすのを、スブやん別に文句もいわず、いつしか撮影のはりつめた雰囲気《ふんいき》に、酔っぱらっている。

夜に入っても、大ホテルだからライトの明るさ気にならず、もう催眠術にかかったごとく伴的のいうままになって、これやったら本番かて撮らせるのとちゃうかと思えるほどのモデルの、思いきった喜悦の表情、ベッドの上にソファを置き、そこで腕立て伏せをしたバーテンのしかめ面、これは行為中のそれを、花嫁の視線でとらえたカット、ベッドのそばの壁に奇妙な具合いに押しつけられたモデルの顔のアップは、痛みにたえかねてせり上ったというわけで、ここでは「はい目薬さしたって」と御丁寧に涙までそえる。そして最後は、花嫁がトイレットへ入った態《てい》で、西洋便器のたまった水に赤インクをスポイトで二滴三滴おとし、これつまり出血、すぐさま水洗が轟《ごう》と流れ、水のふたたび静まるところへ、伴的の考えではジ・エンドとスーパーを入れる手筈《てはず》だった。

モデルに三万円、バーテンに二万円渡して帰らせたのが午後十一時、さすがにがっくりつかれて、気づけば一同朝からなにも食べてない。

どや疲れ直しにいっぱいいこかと、一同うち揃《そろ》って道頓堀《どうとんぼり》のサパークラブへ行くと、「いやあ、しばらくですねエ」はずんだ声がかかって、処女屋の安子がいた。「これはどうも御無沙汰《ごぶさた》してます、その節はいろいろと」スブやんまさか商売どないですとも挨拶《あいさつ》しかねたが、安子はけろっとしたもので、したたか酒が入ってるらしい。

「まあこっちへおいなはれ、うちおごりまっさかい」なにより腹ごしらえしたかったのだが、誘われるまま一人はなれてそのテーブルへすわる。処女屋の扮装《ふんそう》とはうってかわって、大胆なタータンチェックのスラックスに白いセーター、どうみてもええしのこいさんといったいで立ちで、本性は毛でついたほどもみえぬ。

「芦屋《あしや》のおばはんはお元気にしてはりますか、ここのとこしばらく顔出してないんですけど」

「はあおかげさんで、元気良すぎて困るくらいですわ」くすくす笑って、「おばはんて、あれうちのお母さんですのんよ、ほんまは」

「お母さん、お母さんてあの本当の」

「はあ、ようステージママていうでしょ、うちの場合はベッドママやろか」

意味がのみこめず、スブやんきょとんとしていると、安子は顔をテーブル越しに近づけ、一つうなずいて、「子供を歌手にするいうて一生懸命なってる母親いてはるやんか、あれと同じことよ。うちのお母さんは、うちを誰にも負けん金のとれる女にしようおもて、ほんまにまだ子供の時から、うちを教育しはってん」

教育てどないしはりましたとたずねるスブやんに、やや呂律《ろれつ》のまわらぬ舌で安子は説明した。

「うちのお母さん、戦前から東京の大森やら、それから満洲でようけ女使《つこ》うてはってん。うちはまあ陸軍の将校さんの児ウやそうなけど、なんせその経験を生かして、天才教育しはってんわ」

敗戦で満洲から着のみ着のまま引き揚げ、荷物といったら布団《ふとん》だけ、その布団の皮にしたててようやく持ちかえった縮緬《ちりめん》を闇市《やみいち》に売り、それをもとでに布引に焼け残った四畳半を借りると、おばはんはたちまち姫路駅の助役を旦那《だんな》にひっぱりこんだ。

「うちかてもう小学校入っとったやろ、そのおっさん来るたびに、輸送物資くすねて米やメリケン粉もってきてくれるのはうれしいけど、夜中にいちゃいちゃしはんのが気になってな」というから、「それはあの終戦すぐのことですか」スブやんおどろいて聞きかえす。「そうやな、昭和二十二年やったやろか」今が三十九年で、つまり十七年前になるが、その時小学へ入っとったというと、どうしたって二十五以上の計算、だが今みる安子はとてもそうはみえず、「そらまたなんですな、ぼくはもっとお若い思うてましたわ」「そうでしょ、うちなんぼにみえます」この前からすでに一年半経《た》っているが、身装《みな》りのせいか、かえって若がえったようで、「そうですねえ、まあ二十一、二」「ちょっとオーバーやなあ、うちはもうすぐ三十ですよ」そしてやや改って、「まあなんせ、男と女のすることについては、子供の時から知ってましたわ。その助役いやらし奴でな、お母さん抱いた後、そのなりのかっこで、うち起して濡《ぬ》れタオル持ってこさしたりしよって、それをまたお母さんだまっとんね」

すでにこの時、母親が安子の教育について方針をさだめていたかどうかはわからぬ。やがて助役と切れると、元町の裏に屋台に毛のはえたような飲み屋をひらき、手伝い女に客をとらせながら金をため、女学校へ入った安子もときおりは宵のうち店の手伝いなどしていたのだが、十五歳の春休みに、「なんやうちに手紙もたせてな、上筒井にある旅館へ使いにいけいわはってん。こっちはそれまでも店の付き出し買いにやらされたり、お客さんへ送る勘定書書く手伝いさせられとったから、何の気なしにいったら、その旅館は温泉マークやねんなあ」

そこに五十年輩の土建屋で、県会議員も勤めるおっさんがおって、安子の渡した手紙を読むと、「まあゆっくりしていき、御飯でも食べるか、風呂入るか」

「うちかてこら変やおもたけど、好奇心もあってん。うち今でもよう覚えてる。夕暮れの頃で、障子に西陽いっぱい当って白うに光ってたわ。その手紙は後でわかったことやけど、うちの体と引き替えに、十万ほど融通してくれいうねんな」土建屋に抱きしめられた時、なんやもう何時《いつ》かはこないなるさだめと、前からわかってたような気持で、別に逆らいもせず、いわれるままになり、「サービスええのんか、それとも才能あったんか、けっこううち腰つこうたってん、もちろん感じはなんもないけど」

その後で、小切手を渡され、「ほな、さいなら」とわざと気楽に挨拶して表へ出ると、そこに母親がいた。

「これはまあ正真正銘に処女を売ったわけやわ。そのまま輪タクに乗せられて家かえったら、なんや怖い顔でいいはんねん。あんたはこれでもうお嫁にはいかれん体になったんや、これからお母さんのいう通りに守ったら、一生安楽におもしろおかしゅう世の中暮せるようしこんだるで、そやけどなんぼなんかてまだ十五やろ、それがどないなことか見当つかんかってんけどな、まあそれから天才教育はじまったんやな」

数百人を超える女を娼婦《しょうふ》に仕立て、育てあげたその蘊蓄《うんちく》傾けて母親は安子を指導し、「お客とる時は、たとえどこでも必ずついてきはって、すむまで待ってるねん、そいでベッドのねきにおって、いちいち手とり脚とり、教えたいぐらいやとじれったがり、そして、「これとみこんだ女を、一人前にしたろう思うて、なんぼか打ちこんでみたけどあかなんだわ。やっぱし他人やと、どうしたって、わての気持をわかってもらえへん。おばはんうまいこというて、商売にする気イやろと勘ぐりよる。安子はわかってくれるな、お母さんはあんたをだしに使うてうまい目エしようとするんやないで。わてかてお金稼《かせ》ごう思うたら、なんぼでもできるがな。わてはあんたを一人前の女にしたったりたいねん、相撲取《すもうと》りが丸い土俵からお金掘り出すように、女の宝物は四角いねまの中にある。なんぼでも埋まっとるのや、うまいことやらな損やし」

母親の教育がよかったか、それとも女はみなそういうもんか、半年経たぬうちに「処女もできるし、ごつい色事の好きな女にもなれる」技術を身につけ、十六歳ではあったがうすく化粧すると二十一、二にはみえ、「早《はよ》うから化けたせいか、その後十三年になるのに、うわべはその頃とまるでかわらへんねん、おっさんもいうてたけど、とても年には思えんやろ」

スブやんひたすら感心してうなずく。

「うち子供産もう思うてますねん」

「子供？ そらあの好きなお方でけはったんで」

「いやゃわあ、そんなんちゃいますよ。女の子産んで、お母さんからうけついだ女の技術をな、残したいんですわ」

なるほど、いうたら無形文化財、人間国宝みたいなことや。

「三十過ぎての初産《ういざん》は体にひびくいうから、今、ええたね探してますねん、なるべくええ男の方がよろしいしな」

「そやけど安子さん、女のお児《こ》やったらええけど、ひょっとしてぼんぼんやったら」

「そら大丈夫、お母さんおなご授かる方法おしえてくれてはる、うちかてそないしてでけたんやそうやもん」

こらあかんでえ、とスブやんいささかがっかりする。男の夢をかなえる理想の女をつくったろうおもて、たしかにタマはそろえたが、安子の話をきけば、オリンピックやないけど、マンツーマンシステムで、つきっきりでやらなあかんらしい。あのおばはんみ

たいなこの道のベテランですらこれなのだから、とてもスブやんの手には余る大事業らしく、しかも安子の、

「お母さんの話やと、孫、つまりうちの児ウでようよう一人前の女がでけるやろいうことですわ。お母さんは開拓者や、うちがその後地ならしした、その次ぎの世代になって、つまり三代目にならなほんまの花は咲かんと、こういわはるねん。それまではよう眼をつぶらんいうて」

という言葉をきいては、ますます前途はきびしく思える。

「そのうち、私もいろいろお話きかせていただいて、勉強させてもらお思いますわ」

「うちにできることやったら。それより、どないです、ええたねないやろか、手数料はらうさかい、紹介してほしいねんけど」

「はあ、心がけさせてもらいます」と答えたが、こうずけずけとあけすけにいわれれば、なんや知らん男が馬鹿《ばか》にされてるようで、「自分のことは自分でせい」心中いささか腹立たしい。

一人残ってスブやんを待っていたカボーと家へもどり、その道すがら、

「なあカボー、女を仕立てるいうのんはこらむつかしいで、化物にするこっちゃからなあ」「ほな、方針変えですか」「変えるいうても見当つかんけど」

さしあたってコピーライターの兼坂が、若い素人《しろうと》娘と遊ばしてくれいと矢の催促だった。なんせもう出たとこ勝負でやってみるより手はなさそうや。「今度の土曜日な、女三人集めてくれんか、デパートの店員なんかどうや」

五

カラーの十六ミリになると、伴的も現像に自信がなく、まあずばりは撮ってえへんし、フィルムの初めが結婚式、終りはわざと風景など写して、なんとかごま化せるのちゃうかと、現像所にまかせた。無事に仕上り、荒編集して映写すると、なるほど迫力がちがう。「カキヤこれに不自然にならんよう台辞《せりふ》つけてくれんか」撮影の時すでにいちおうの台辞はできていたのだが、役者が素人だから口に気をとられると動きがつい鈍り、まあ好きなことというてくれと、そこは同時録音ではないから勝手にさせ、今みると、画面の二人は激しい息をついてやたら口をぱくぱくさせとる、ここに言葉を入れたらしゃべっとる感じになるにちがいない。

「時間はかかるから、自分でしゃべってみて丁度入るくらいの長さの台辞、刺激的なん頼むで」

「へえ」と、くい入るようにカキヤはスクリーンを眺め、ほな明日までに書いてきますと別れたのが、その最後となった。

「えらいこっちゃ、カキヤはん死んではりまっせ」約束の明日になってもカキヤあらわれず、様子をみにやったポールがあわてふためいてスブやんの家へ駆けこみ、「死んだて事故か」「なんせ来て下さい、なんやもう散らかっとる中で机に向ったまま冷めとうなってはりますねん」

撮影の手伝いはじめてから、いくらかは懐《ふところ》具合もよく、四畳半に商売柄机と本立て、壁には六尺二寸にふさわしく煙突のようなズボンが三本ぶら下り、どうやら人間の住いらしくはなっていたが、なにしろ原稿用紙やらその反古《ほご》、雑誌、ちり紙、新聞、栄養剤の瓶、即席ラーメンの空袋など畳もみえぬ乱雑な部屋で、ポールのいう通り、カキヤは死んでいた。医者の診断は心臓麻痺《まひ》とのことで、死体の下半身むき出しのまま、ひもかわのような長いチンチンがでれっととぐろまいている。「こらオナニーしとって、その絶頂で死んだんちゃうか」伴的がいう。

机の上の原稿用紙には、アテレコ用の台辞はなく、エロ本用の文字が、右下りの字で書かれていて、女の喜悦の描写だった。

「ええストーリー思いつくと、自分で興奮してゴシゴシやってまういうとったけど、それでいってもたんかいな」スブやん、腹上死はきいたことあるけど、オナニーで心臓麻痺とは、けったいな話やでというと、ポールが、「そらあることですわ、オナニーかて血圧は高《たこ》うなるし、心臓の脈も百七十くらいまで早よなるさかい」さすが元病院の事務員だった。

「いやこらすごいわ、見てみいこれ」

ゴキが半間の押入れをあけて、とにかく死体を寝かそうと布団《ふとん》をひっぱり出し、「これみな精液のとび散った跡ちゃうか、掛けも敷きもべたべたやで」

みるとナメクジの無数にはいずった如《ごと》く、垢《あか》にまみれた煎餅《せんべい》布団の上下、白い飛沫《ひまつ》のかわいた跡におおわれていて、奥につっこまれたどてらも下着もすべてばりばりに糊《のり》をつけたよう。

「こらまた盛大にやりはったもんやなあ」

「自分でエロ本書いて、そのつどかいてたら、そら切りないわ」

死体そっちのけで一同、壮絶なオナニーの残滓《ざんし》をうちながめ、

「そやけど興奮するいうてもな、カキヤのクライマックスは、いつも同じシーンばっかりやってんで」伴的が首をひねった。

「同じてどないな奴《やつ》やねん」スブやんたずねる。

「こう女二人おってな、男が一人にとっかかりよるねん、そいで残ったもう一人が、その二人の様子に刺激されて、どないもたまらんようなるいう筋書きや。人物はかわるけどこの関係はいつも同じで、まあわいは素人やけど、もうちょっと手エ考えたらええのに思うてたわ」

「つまりやな」ゴキがいった。「カキヤはんは、はじめはエロ本書いて、それがようでけたら興奮してはった。それがしまいに、興奮するために、かきたいために書かはったんとちゃうか。誰でもオナニーの時は、い、自分のいっちゃん気に入ったシーン考えるやろ、いちばん気の乗るよう想像するもんやさかい、カキヤにとってはその女二人が都合よかったんちゃうか」

「つまり自分のためにエロ本書いてたわけか」スブやんそぞろあわれだった。

「なんやしらん肉弾三勇士みたいな感じやね」「ほんまや、わが逸物《いちもつ》しっかとにぎりしめ、自分だけの世界へ突進して、それで精液と共に自爆してもたんやなあ」「銅像建ててもええなあ、右にペンもって、左にものにぎりしめて」

「そやけど女は怒りよるで、男がみなカキヤみたいに自爆してもたらどもならん」しゃべりながらともかく葬《とむら》いの用意、だが六尺二寸の巨体収める棺桶《かんおけ》はあつらえたとしても、ペンキ屋の二階の部屋では、とても表へ運び出せない。

「ええやんか、茶箱にすわらせたり、坐棺《ざかん》ちゅう奴や」

共産党の偉い人死なはったら赤旗で遺骸《いがい》を包むねんやろ、エロ本書きはエロ本で包んだろと、殆《ほと》ど死んだ時のままの姿勢で茶箱へ入れ、そのすき間には、「布団の告白」「艶《えん》情旅衣《じょうたびごろも》」「湖畔の宿」「鏡からのながめ」「夢枕褥合戦《ゆめまくらしとねがっせん》」などカキヤの代表作をびっしり詰める。

「どや、故人の好きやった麻雀《マージャン》やって、霊をなぐさめよやないか」

「追悼麻雀やな、ウマ乗せてその分を香奠《こうでん》にしようか」と話が決まり、どうせ仏の身内など来る筈《はず》もないから、スブやん、伴的、ゴキ、ポール、カキヤの鎮座する茶箱の上にシーツをかけ、ちょっと背エ高うてやりにくいけど、この牌《パイ》かきまぜる音が、仏へなによりありがたい供養《くよう》やろ。

「ちょっとそこのマジックとってんか」伴的がいい、その墨で紅中《ホンチュン》の赤い色を黒く塗る。

「葬式にめでたい色はあかん、葬式麻雀の紅中は黒に決まっとる」

ほんまかいとスブやんあきれると、今度はゴキが、「ナキしばりにしようか」「なんやナキしばりて」「いわばこれがお通夜《つや》やろ、お通夜に泣くのはつきもんやさかい、必ずチイかポンしてナカなあかん」「つまりリーチなしか、それでイーファンしばりやったらきついなあ」「あほ、楽しみでやるのとちゃう、故人の霊なぐさめるためや、ぐずぐずいわんとき」

ペンキ屋の主人、同じく部屋を借りてる隣人、カキヤが死んだときき、いちおう焼香にあらわれたが、なにしろ仏の部屋ではチイのポンのとわめきあい、「故人はチートイツが好きやったなあ」「それもドラのタンキ待ちでな、ついひっかかったもんや」と、夜の更《ふ》けるのもかまわず、みな呆《あき》れてよう部屋に入らんかった。

「ぼくもこら注意せんとあきませんなあ」

家へもどってカボーがいった。

「何をや」

「ぼくもようかきますねん」

「お前、女はまるであかんいうとったやないか」

「女はあきませんけど、こっちはそらぼくかて男ですわ」

そんなこというて、あの時はやっぱり女を抱くとか、抱かんまでもなんかそれに近いこと考えながらやろ、もしほんまに女きらいやったら、なにを思いながらこするねん、

スブやんがきくと、

「スケコマシの時のことなんか考えますわ。ポールさんと二人で、女に声かけますやろ、お茶のもかなんかいうて。女はこよかこまいかと迷いながら歩いていく、こっちをちらちらみながら真剣な顔してます。あの時の表情きれい思いますねん。いざその気になってついて来はると、もういやらしいなあ、妙にポーズつくったり、品のうなったり、はあ」

ぜいたくな奴やなあとスブやん笑ったが、カボーいたって真面目《まじめ》に、あれきれいです、ぼくはあの時の顔思いながら、オナニーしよるんです。そやけど心臓麻痺はこらかなわんなあ。

「まあそら大丈夫やろけど。そやけどなんやな、カボーがいっちゃんええとこピンハネしてんのかも知れんで。たしかに女はその気になるとならんの境い目が、もっともきれいのかも知れん」

「わかってくれはりまっか、ほなうれしいわ」

だが考えると、カキヤは亡《な》き母への思慕とやらでエロ本を書き、おのが筆に興奮してオナニーに没頭、爆死してしもた。カボーは、スケコマシの際の女の表情を追って、男を立てる。伴的やゴキはなにもいわんけど、すくなくとも伴的はフィルム撮る時、編集しよる時、眼エの色がちごうてくる、あらもりもりしとる証拠やろ。ところがこの俺はどないしてしもたんやろ、なにがどうなっても、さらにぴくっとも感じへん。

「ところで、恵子はんの消息は、まだわからんのですか」

スブやんの胸のうち見すかすようにカボーがいった。

「恵子さえかえってくれたら、わいも元通りになるんや」

「元通りて、あ、親子水入らずで暮しはるわけですな。そないなったら、ぼくどっか部屋借りて」

「ちゃうねん、わいはな、今インポなんや、このインポ直すためには、恵子にたすけてもらわなあかんねん」

「はあ」カボーその意味のみこめず、ぼんやりする。

「わいが恵子と結婚してわるいいうことはなにもないやろ、娘いうたかて、別になあも関係ないねんからな。ほんまあいつはどこいきよってんやろな」

「ぼくも、せいぜい心がけて探しますわ」

「たのむで、礼なんぼでもするよってな」

スブやん珍らしく心弱くなっていた。

兼坂と約束の土曜日、デパートガールは具合わるく、かわりに短大生三人を用意し、女は一人が親類に下宿、二人はアパートで共同生活、話のもっていきようでは外泊も可能らしい。

ゲイバア「コクトオ」クラブ「アロー」とまわって北のお好み焼き屋へ入ったのが午後十一時、スブやんはカボーに睡眠薬を買わせ、これを口で嚙《か》みくだき、唾《つば》ごとメリケン粉の中に混ぜあわせる。

「さあ食べて下さい、箸《はし》つかわんとお篦《へら》で口へはこぶのが通でっせ」じゃんじゃんすめたが、これがいっこう効き目をみせぬ。睡眠薬は熱に弱いのんかなと、あわてたが、ここで睡気《ねむけ》でももよおしてもらわんことには、宿屋へひきこむ口実がない。

短大生達は、マスコミ関係に就職したいとかで、TV局の制作課長とふれこんだ兼坂とまことに話があい、すっかりうちとけてはいたが、カボーを除いては初対面。うかつに誘っては元も子もなくす。

「兼坂さんちょっと芝居しまひょ」女が連れ立ってトイレットへ立ったすきにスブやん苦肉の策、つまり、連中を親類やらアパートへ送る途中、スブやんが吐き気をもよおし、タクシーを降りてげろをはく、いやもちろんその真似《まね》だけやけど、しばらくそないして車とめたったら、きっと運ちゃん文句いいよるはずや。そしたら兼坂さん、女に「気の毒やから、ちょっと降りて、彼の気分ようなるまで待ちまひょ」という。降ろしてしもたらあとはこっちのもんですわ、どうにもおさまらんから、そこの旅館でちょと休も、部屋は別にとるからあんたらも泊っていきはったらどないですいうてひっぱりこむ。

「部屋別やったら困るやろ」

「心配ないですわ、女中にチップやって、今、団体客来たから、知り合い同士一つの部屋にしてくれいわしますねん」

「そやけど、それでうまいこといくか」

「いくかいかんか、なんせやってみまひょうな」

相談まとまって、まず豊中《とよなか》のアパートへ六人つめこんだタクシーを走らせ、十三《じゅうそう》の先きでスブやん口に掌《てのひら》をあてウッウッとうめく。兼坂はこころえて、「どないしました、気持わるいんでっか、そらいかんな運転手さんちょと止めて頂戴《ちょうだい》」

カボーとスブやん暗がりへ歩み、ここやったら見えへんやろと、そろって小便はじめると後から靴音がして、カボー「あ、女の人一人きはりましたわ」あわててとめようとうたって意のごとくなるもんでなし、うんと気ばってようよう空にして、ジッパー上げる暇もなく、「あの気持わるいんでしたら、背中さすりましょか、私、よう父が酔うた時介抱したさかい」と女がやさしく近よる。こらえらいありがた迷惑やけど、断りもならず、二人、小便あぶくたててよどむ上へ顔をさしかけ、人差指で喉《のど》ちんこいらいらとこちょぐって、無理に反吐《へど》をかきたてる。

「車がいかんかってんわ、乱暴にとばすもん」

運ちゃんも定員過剰の六人に乗りこまれて機嫌ええはずはない。兼坂がいうまでもなく「こない待たされたらかなわん、いったん降りとくんなはれ」と、残りの三人も放り出されて、ここまでは計画通り。

「どうも胸おかしいわ、こんなとこ夜うろついとってもらちあかんし、この先きによう知っとる旅館あるから、そこで休みませんか、もちろん部屋は別に」

ここで断られたら、指つっこんでなんやしらんほんまに胸むかむかしてきた苦心も水の泡。豊中の後、蛍《ほたる》ヶ池《いけ》の親類へ送る手筈《てはず》だったのだが、女三人なにやら相談の末、「ほならもうおそいから、泊りますわ」と、案ずるより産むが易《やす》い。

スブやん一面識もない手近かの旅館「えびす荘」、ことさら連れこみの構えではないのが好都合で、まず二つの部屋に「ほなお休みなさい」と袂《たもと》を分かち、すぐさま女中にいいふくめて首尾はいかにと待つうち、まず女中が、布団かかえてあらわれ「ちょと、そちらも片寄せとおくれやす」八畳間にびっしり床をとって、その後、浴衣《ゆかた》に着かえた短大生三人、別に怪しむ風もなく、「お邪魔します」とやってきた。

女三人が奥、つづいて兼坂、スブやん、カボーとならび、こうなっても兼坂はええかっこしいで、「TV局いうと派手にみえるけど、ほらもう辛《つら》いこともようけあってねえ」

などいい、いっこうに手エよう出さん。

「どやろ、ひとつ腕角力《うでずもう》でもしはったら」現在枕《まくら》をならべていながらとろくさい兼坂にスブやんがけしかけ、寝床をならべる女すぐうけて、「やろか、うち強いねんで」と白い二の腕をぐいとかまえる。

もちろんあっけなく兼坂が押さえこみ、そのまま手をにぎりあわせたところで、スタンドのスイッチを切り、後は暗闇《くらやみ》、これでどないにもならんのやったら、こらわいの責任やないでと、息をひそめると、しばし後、ごそごそもみあう気配、だが誰も声は出さぬ。やがてヒーッと息を吸う音がきこえ、後はいやはやあたりはばからぬ女の声、とても伴的のテープどころではなく、恥も外聞もあらばこそ、いったいこれはどういうこっちゃと、スブやん体を起してうかがうと、兼坂は布団《ふとん》にもぐりこみ、女は上体のけぞらせて枕をはずし、さらにその向うの女は、友人の痴態をじっとながめている様子。

「わい、向うの女のとこいくで、お前もどうや」

スブやん、カボーにいうと、布団の裾《すそ》からもぞもぞと体を出し、からみあう二人を越えて、ひしと一人に抱きつく。別に逆らいもせず、だがはだけていた浴衣の前をあわてとりつくろい、おとなしい。兼坂組はますますさまじく、撞木《しゅもく》につれてひびく三井《みい》寺《でら》の鐘のごとく、つい後をふりかえると、女はスブやんの顔に手をやって、みるなという風にとめる。さらばとしかけたが、ここでも気ばかり先走って、さらに帆柱風をうけて立たぬ。

この女もすでに男を知りつくしているようで、さすが飛田《とびた》の娼婦《しょうふ》とはちがい、文句こそいわぬが、自らの帯ひき解き、ためらいつつも手まさぐりし、スブやん身を切られるように辛い。

「えい、カボーの奴たすけてくれよったらええのに」とみると、カボーはまったく床の上に起き上り、ショウの見物客の如《ごと》く、呆然《ぼうぜん》とながめている。

結局、兼坂が三人の女と公平に枕をかわし、男三人それぞれにくたびれ果てて、ふと気づくとすでに陽は高く、女の姿はない。

先きへかえったかと、スブやんねむりこける二人を起し、その気配をさとってか、兼坂のはじめに抱いた女が部屋へ来た。隣室で待っていたのだ。

「あの、ちょっとお話ありますねんけど」

呼ばれてスブやん隣りへ行くと、三人けろっとしたもので、「あの、妊娠したら困るさかい、お医者さんで洗滌《せんじょう》してもらお思うんですけど、丁度月末でお金ないんです。それで、この時計あずけまっさかい、少し貸してもらえませんやろか」

「いや、それはもうようわかってます」スブやんとってかえすと、一人一万円ずつ三万円ひっつかみ、「ほなこれとっといて下さい」「いやあ、こんなにいらんねんけど、なあ」お互い顔を見合せる。まあ余ったら本でも買《こ》うて下さいと押しつけ、六人そろって宿を出ると、昨夜、いや今朝がたのことはどこ吹く風、女達は朗らかそうに笑ったり、どつきあったり、あげくの果てはお互い腕など組み、「いっぺん家かえりますから、これで」と手を振って去る。

「ものごっつうおもろかったで、一晩六回いうのんは初めてやわ」兼坂どろんとした眼でやに下り、「ちょと高《たこ》うつきまっせ」というのにもまるで平気。

「おやっさん、やっぱしあかんかったんちゃいますか」

二人になるとカボーがいい、ああじっくりみられていてはかくしもならず、うなずくと、「なんとかして恵子はん探し出さんと、こらいけまへんなあ」

スブやんはしかし、自分のインポより、あの短大生に眼を見張るおもいだった。宿屋へ入ってからも、ごくふつうの中流家庭の娘やおもてたのに、いや事実、持物言葉づかいのはしはしたしかにそうなのに、あの狂乱ぶりはどないや、一人の男に順番に抱かれて、互いちがいに鯨みたいに吠《ほ》えて、こんなんはいくら娼婦かてないで、よう恥かしないもんや。

「ほんまにこれは、もう処女いうたら、処女屋にしかおらんかも知れんなあ」

安子の言葉と、短大生の経験が、スブやんにあたらしい眼をひらかせた。

女を教育し男の求めるイメージのままにふるまわせ夢を与えるといっても、これはもう古いのとちゃうか。一対一のセックスでは、すぐにあきたらんようなるのとちゃうか。いくら男の考える理想的な女をつくり上げても、いや、男が理想的なんちゅうイメージをえがくこと自体、もうくたびれとるんや。あるがままの女を、力のかぎり根かぎり、やってやってやりぬくのが男ちゅうもんやないか。自分でイメージをつくりあげ、その中に入らんとあかんというのやったら、それはオナニーと同じことや。カキヤやカボーとなんにもかわらん。そういうだらしない餓鬼どもを、もういっぺん男にもどらせる、ほんまの雄によみがえらせるのは、これはあの乱交やないか。いっちゃんはじめの男と女は、全部乱交やったんとちゃうか、いちいちごたくさ理くつはいわん、そこに女がおるからこれを抱く、そういうエネルギーをかりたてるためには、あの乱交、ありきたりのセックスの形を全部かなぐり捨てて、ほんまに地位も美醜もあらへん、えり好みするゆとりない、雄やから雌を、雌やから雄を抱き抱かれ、男は精液を、上っつらこそそれぞれちごうても、そこはすべてひとしく生暖かくほのぐらい穴にむけてぶちかまし、女はまたかぎりない喜びと共にこれを体内深くしみじみと受けとる、この他《ほか》になにがいるんや。乱交こそ、それを可能にさせる唯《ただ》一つの方法やで、気ちがいにさせるには、いや、まともにさせるには、これしかない、絶対にない。

十六ミリブルーフィルムは第一回作品「華燭《かしよく》」につづいて六甲山にロケした「すかんぽ」が完成し、兼坂が元声優で現在広告代理店につとめる男と女を紹介し、これが見事な台辞《せりふ》をレコーディング、営業用に是非買いたいという山ほどの申しこみは断って、すべて会員制の鑑賞会。月三万の会費で三十社が加入し、これはそのままプロダクションの経常費に見合い、やがてストックが五本になれば、会費を五万円に値上げ、これでも各社の営業接待費からみれば片々たる額のはずだし、ようやくもうけがでる。だがスブやんはもはやフィルムになんの関心もない、カボー、ポールにはっぱをかけて、スケコマシに精出させ、兼坂でこころみたように、痴漢志望の重役、賢島《かしこじま》であそんだ宣伝部長を使って、少しずつ女のならし運転、もちろんこれには金をとって女一人につき三万。

時には連れこんだ女に裸足《はだし》で逃げ出され、お巡《まわ》りをつれてこられたこともあれば、睡眠薬飲ませすぎて、その夜はもとより翌日の夕方になっても眼をさまさず、こらいってもたんちゃうかと気をもんだこともあったが、たいてい、こちらのいかにも見えすいた嘘《うそ》に易々と乗って、旅館へ入るほどの女は、抵抗に多寡《たか》はあっても結局は抱かれ、翌朝の金を平気でうけとった。そしてその女のタイプは、家族に女の多い家庭の次女か三女、経済状態は中流がもっとも多く、BGなら会社勤めしてから三年未満、学歴は男女別学の高卒。

昭和三十九年十月十日、この日、スブやん三十八歳の誕生日を迎え、折しも東京オリンピックのファンファーレ高らかに鳴り響く。

「あの競技場に、世界中から集まった体のええ男と女が、ワイヤーッいうて乱交してみい、こら世紀の壮観、これぞ民族の祭典いうもんちゃうかあ」

東京がやんねんやったら、こっちも負けてえへんでえと、わざわざこの日をえらんで第一回乱交パーティを、阪急電鉄宝塚線仁川《にかわ》から徒歩二十分ばかり、ちいさな池のほとりにある山荘でひらく。

この山荘はもとドイツ人の所有で奇妙な工合に和洋折衷の建物。これを一週間五万円、ただしすぐ明け渡すからと権敷きなしで借り、前もってゴキが泊りこみ大童《おおわら》わの掃除、飾りつけを行っていた。玄関からすぐに絨毯《じゅうたん》しいた板の間で約十畳、その奥にキッチン、右手に四畳半の日本間とバス、トイレット、左手は洋風の書斎。メインルームにシャンデリアこそないが、酒の空瓶に飾り蠟燭《ろうそく》を立てて棚に置き、床には花を散り敷き、一つ残された古い大時計のねじを巻き、キッチンのたらいには氷浮かべた水を張ってシャンペン、ビールを冷やす。

当日夕刻になると、店屋《てんや》ものを取るわけにもいかぬから、大阪であつらえたサンドイッチ三十人前運びこみ、まずスブやんが三人の男客をつれて到着、四畳半の部屋へ通す。

男客は一業種から一名で、それもシナリオ・ライター、鉄ブローカー、証券会社重役、税関の役人、京都の大学助教授、尼ヶ崎の銘木屋、ＢＧＭ制作会社社長、御影《みかげ》の地主と、まずこの場以外では絶対に顔をあわさぬとりあわせ。西宮北口に時刻をずらして集合させ、かりそめにも人眼にたたんようにと、そこから三人ずつ山荘へスブやん自身が案内した。

女達は、カボーとポールがうけもって、女子高校生三人、ＢＧ二人、弱電メーカーの女工三人、それに美容師の見習い二人、劇場の踊り子一人。女の方が三人多いのは、早く終った男がすぐにあたらしくとりかかれるためと、やはり少しでもええのを、はじめはえらびたがるやろうからとの心づかい。女は、阪神国道をマイクロ・バスにゆられて運びこまれ、この日は表向き、日本有数のハイソサエティのもよおす、仮面舞踏会というふれこみだったから、各人にぎやかに着かざっていて、こちらは男のようには、気がねいらぬ。

日が暮れると雨戸を閉め、蠟燭に灯をともし、かねて用意の、男には眼だけおおう黒の、女には銀のマスクさせ、テーブルもなにもない十畳の間に集めて、とりあえずカボー、ポールが飲み物を配り、女のシャンパンにはジンをぬかりなく混ぜてある。

スブやん、女房の葬式、守口署で着用の黒のダブルに身を固め、「ではこれよりパントマイムパーティを開きます。こちらで合図するまでは一切無言でいて下さい、もし口をきいたら即刻退場していただきます。えーと」と急に口調をふだんにもどして、「おもろい映画を観《み》ていただきましょか、いや、決していやらしいもんとちゃいます」カポーがするするとスクリーンをひろげる、伴的、ベルハウエルの映写機のスイッチ入れる。しばらくはただ白い画面がチラチラするうち、赤いマークがポッンと写り、これがテープ始動の合図。ゆるやかな音楽流れ出し、まずファーストシーンは六甲山は天《てん》狗岩《ぐいわ》からの神戸の俯瞰図《ふかんず》、ゆっくりカメラ右へパンして緑の木立ちの中にひときわ色あざやかな赤と白の点をとらえたとみるまに、大ズームアップ、このシーンは、これまた伴的のおとくい、出演タレントとは縁もゆかりもない、狙《ねら》われたのが身の不運ただのアベック盗み取り。

「すかんぽ」二巻二十八分の映写が終るとはや室内に異様な熱気がみなぎり、女達は重い吐息をはく。テープはつづいてムード音楽を流し、スブやんふたたび立ち上り、さあお酒はいくらでもあります、後で福引きにより、さまざまな賞品もさしあげます。さあどんどん飲んで楽しく踊って下さい、キッチン以外はどこなりと使《つこ》うてくれはってよろしい、さあこちらの紳士そんなに固《かと》うならんと、お嬢さんの手えとってリードしたげて頂戴《ちょうだい》、おっと、パントマイムでっさかいな、抜け駆けのひそひそ話はあきまへんよ、いいたいことはジェスチュアなり、体でうまいこと表現してもらわんと。福引きうんぬんは、少しでも女の足をとめるたしにとのでまかせだった。

口を封じたのは、苦肉の策、これまでの例をみても、緊張した男は、はやる心をもてあまして、ろくすっぽようしゃべりよらん。金ではっきり買った女、自分のものと確信できた後なら、えらいごついこともいうくせに、おずおず手さぐりするうちは、やたら体裁つくりたがる。女かてそうや、いったんムードに乗りきれんとなると、えらい上品にかまえて、逃げ腰になり勝ち。雰囲気がうまいこと乱れかけたら、後はもうなだれうって行くとこまでいくのは実験済みだが、それまでは無言、それもことさら強制されてだまっとるのやと考えさせた方がよろし。酒、音楽、そしてなによりむんむんする熱気や。どうにか二人ずつ組合って踊りはじめ、そうなると壁の花の三人は間がもたぬ。なまじ表情をかくされているだけに、妙にとり残された感じが強く、スブやんはその苛立《いらだ》たしさと、気分のさめかける境い目で、踊りに参加させるよう気を配る。踊っていても、相手の名前すらきくわけにいかぬ。パーティにつきもののさえずりを封じられているから、すべては踊り合う間に、お互いの体で表現するしかない。入れ替っていそいそ踊る女と、壁にむなしくたたずむ女の間にやがて競争意識がうまれ、たちまちどのカップルもひたと抱きあい、ただゆれうごくのみ。

スブやんこまめに指示して、酒をくばらせた。もし一人だけ先に酔い痴《し》れたら、他が覚めてしまう、あるところまですすんだら、むしろアルコールは男の勇気づけにこそ必要なのだ。ムードさえたかまったら、女は空気にかて酔うて我れを忘れる。

「もうじき本番へ入るで、逃がさんことや、誰かが逃げたとわかったら、女ども正気をとりもどす。それに逃げた女は必ず、口を割る。自分に勇気のなかったことを口惜《くや》しいと思い、逃げたことを正当化するために、人にしゃべるもんや。いざとなったらなぐってもええ、ここへ足留めさせるねん」池と山にかこまれ、少々の悲鳴はとどかぬはずだ。

一時間たつと、もはや強制されるまでもなく、パーティは言葉を必要としなくなっていた。蠟燭はひそかに大半が消されて闇に近く、その中で、男も女もマスクを捨て、接《せっ》吻《ぷん》するもの、一人で二人の女を抱きかかえ、互いちがいにその首筋に顔をうめる男、一つだけ用意したソファに窮屈な姿勢で倒れこみ、起き上ろうとする女の下腹部にしがみつく男、税関の役人は女高生を連れてトイレットへ入ったなりだった。鉄ブローカーは美容師の卵とひときわ闇の濃い四畳半で重なり合っている、シナリオ・ライターは自分より背の高い踊り子を壁におしつけ、呻《うめ》き声を上げ、大学助教授は女高生と女工を膝《ひざ》にだいて坐《すわ》りこみ、おのおの鼻息箭《や》を射る如く、呼吸は火を煽《あお》ぐ如く。

スブやん、キッチンに入ると、ゴキはアイスピックで突いた指をなめなめ、「わいも相伴してええかな」「なんややりとうなったんか」「ちゃうビールや、まだようけ残っとるもん」「ああ、みなで飲もか、喉《のど》かわいたわ」と、カボー、ポールも呼んで、こちらは男世帯《おとこじょたい》の酒盛り。

「表と窓は大丈夫か」

「心配ありませんわ、そやけどなんですねえ、コックが自分のつくった料理食べとうないう気持、わかりますなあ」とポールがいった。

イヤーンドウショウドウショウ、とはじめて女の声がひびいた。つづいてコップがけたたましく割れる。

「蠟燭どないしましょ、倒れて火事なったらえらいこってすよ」

もっともな心配で、手を上げなければとどかない棚の上にはあるが、今の調子なら、あたりが燃え出しても気イつかんやろ、火事やいうて騒がれたらこらぶちこわしもええとこや。「ほなみな消して、かまへんから蛍光燈《けいこうとう》つけてみい、いやちゃうはじめつけて、それで平気やったら蠟燭消しとけ」

おそるおそるスイッチ入れると、十畳の間には男三人と女が四人、ソファに一人ずつ、四畳半には男一人に女二人、書斎に男二人女四人、後二人はとみると、風呂場《ふろば》で石鹸《せっけん》まみれのまま抱きおうとる。まぶしいほどの光にもまるで平気、ただしいずれも泥亀頭《でいき》を草根にうめるにはいたってない。

「こら毛布持ってきたったらよかったな、なんか掛けんとやりにくいやろ」スブやん心配すると、「レインコートやオーバーあるから、配給したったらどうや」キッチンの隅にきれいに畳まれたその山積みをしめしてゴキがいい、そらええわ、どれがどれでもかめへん、むしろかぶせるみたいに、上からふんわりかくしたったり。カボーとポール、オーバーをかかえて、「えーごめんやっしゃ」と肉の林にわけ入った。

「いや、こら後片づけがえらいこっちゃ、コップだけでもねき置いとかんと、もし割れでもしたら危ないわ」

カボー割れものを集め、スブやんはまた、うっかり手荒なことされたら困る、女はいずれもならし運転すんで、裂傷のなんのということはないやろけど、キッスマークだけは家族と一緒に住む者もおることやし、気イつけて下さいと念押しておいたのだが、こう夢中になってもては、それどころやないやろ。

「まあなるようにしかならんもんや、ビール飲もやないか」

五人坐り直してコップをもつ。まあそやけど、スブやんの思惑通りいったなと伴的が祝い、

「このシーン撮ったらこらごついでえ、カラーはあかんけど、もうちょとライト強うし

たらモノクロいける思うわ」というのに、しかしスブやん、どうももう一つぴんとこん。なんや乱交いうのは、もっとこうたくましゅうて、汗みずくな感じで、ここでこそ男も女もぎりぎり決着の裸になるはずやのに、どうもこせこせしとる。どこがいったいまちごうとんのやろ、スブやんもう一度十畳間に出た。そこには御影の地主、四十二のおっさんが、BG二十一歳を組みしき、地主の脇腹《わきばら》から二本の白い脚が宙にむけて生えとる。証券会社の重役五十一と二十七の女工も同じようなかたまりや。BGMの社長は美容師の卵とBGをかかえて、BGは重なりあう二人に背をむけ、顔を手でおおう、指の間からみえる肌は火のように赤い、唇を吸うみじかい音、混じりあって、とてもこれはエロテープにならんような女のうめき、オッとかウッとか断片的な男の声、四畳半の鉄ブローカー三十五は、美容師の卵と今しも終ったところらしく、あおむけになり荒い息を吐く、その横で女子高校生がなんと美容師のあけっぴろげた姿態の、身づくろいをしてやっとる、書斎のシナリオ・ライター四十歳と大学助教授三十八歳、それが厚かましくも踊り子二十歳、女工十八歳、女子高校生十七歳と十八歳四人をだき、泣いているのが女工、その体をシナリオ・ライター寝たなりにぐっとかかえて、自分の左側へ移し、その時女工の両脚はアクロバットのように宙を舞い、オーバーなど全部どこやらへけしとんでしもとるがな。

スブやん凝然として立ちすくみ、眺め下し、「男の白いけついうもんは、もくりもくりうごいて、ほんまあわれな感じのもんやでえ」キッチンにもどって、どや、ちょっと見学せんかとさそったが、四人いちように首をふって、「お客さん、あんまりエネルギーつこうて、心臓麻痺《まひ》起さへんやろか、なんか水でも持っていきましょか」とカボーがいい、ほっとけほっとけ、喉かわいたら勝手に飲みにくるやろとスブやん答えたとたん、ドアがガタンとあいて、まったく全裸の女、美容師の卵がなにを勘ちがいしたかそこへしゃがみこみ、シャーッと堰《せき》を切ったように小便をはじきとばした。

六

翌朝、来る時と同じく、男を三人ずつ北口まで車で送り、その後、オーバーやらレインコートをひっかぶって昏々《こんこん》と寝入る女達を起し、風呂《ふろ》へ入れ、さてそれからうんざりするほど長い化粧がはじまった。すべては終ったのだから一刻も早く帰して、無惨にとり散らかった室内を片づけたいスブやんだったが、いずれもけろっとしていて昨夜の痕《こん》跡《せき》毛ほどもとどめず、しかも、人間業とは思えぬばかり乱れた周囲の紙屑《かみくず》やら食べ残し灰皿にはとんと気づかいしない。

「おんどれ、ほんま公徳心ないやっちゃ」とむかむかして、だがせき立てるわけにもいかぬ。

女達が引き払ったのは一時近く、それぞれに一万円を渡し、仁川《にかわ》、逆瀬川、門戸厄神の各駅で一人ずつ降ろし、これはあくまで女達相互の連絡を絶つ、いわば分割統治。あらためて掃除をすると、ヘアピン四十一本、万年筆二本、ライター二個、眼鏡一つ、化粧水、クリームなどの瓶五個、それにソファの後からあきらかに経血に染まった下着が一枚、脱ぎ捨てたままのパンティが二枚、ヒップパット一つあらわれた。あらためてスブやん「恥も外聞もない奴《やつ》やで」

この会費は、一人三万で計二十四万、そこから女へ十一万、山荘賃貸料五万、飲食代一万八千、マイクロ・バスレンタル五千、諸雑費一万二千をひくと、利益は四万五千。スブやん以下四名の大奮闘を考えりゃ、まったくあわん仕事やったが、今はとにかく準備の段階、あしさえでんかったらそれでええがな。にしても、スブやんが夢みていた乱交パーティ、きらびやかな、色あざやかな、そして若々しくたくましく、なによりすがすがしい筈《はず》のそのシーン、現実ではちとことなり、なんやもうじゃうじゃしとって、薄汚ない、こら女がわるいのか、男がいかんかったんか、それとも舞台や演出がみみっちいのか、ようわからんけど、これも馴《な》れや、そのうちなんとかかっこつくやろ。すぐさま次ぎの準備にとりかかって、「乱交選手とでもいうかな、場数踏むうち、向き不向きがわかるやろ、向いとらん女は捨てて、ええのだけ残すんや、カボーもポールも、スケコマシたのむで、大分なれたから、乱交の素質あるかないか、少しは見分けつくようなったやろ」

そら無理やわ、男好きかどうかはわかったって、そんな乱交に向いとるかどうか見当つかしまへんで、とポールがいうのを、「まあ頑張ってくれ、軌道にのったら、金もばーんと入るんやし」

パーティから一週間たって、伴的がスブやんの家へやってきた。十六ミリのアイデアでも持ってきたんかと思うと、妙にあらたまり「わいなあ、わるいけどあのパーティは好かんなあ、やばいんちゃうか」伴的、歯切れのわるいいい方をする。

「やばいて、なんでや」

「女の口からばれてみい、いちころやで。妊娠することもあるやろし、後で誰にしゃべるかわからん」

「それやったら気づかいないわ。わいちゃんとかぶせくばっとったし、第一、女にしたって恥かしいやろ、ふつうみたいに男にだまされたとかなんとかいうのとちゃうで、誰がすすんでしゃべるかい。実は仁川で乱交パーティやって、入れかわり立ちかわり男の人に抱かれましてんなんかいうあほおるか」

それにばれたとしても、わいどまりや、わいは体刑一年半を覚悟しとる、こういうことはどうせいつかはアガるねんから、それまでに後々のことまで心配ないように、たとえばわいはポールを養成しとるやろ、わいがムショから出てくるまでみんな喰えるように、そいでまたすぐにわいも活躍でけるよう、基礎つくっとかんならん。

「そらまあわかるけど、どうも乱交は、わいの趣味やないわ、あれ汚ないでえ」

汚ないと、いちばん痛いところをつかれてスブやんも坐《すわ》り直した。

「なにが汚ないや、そんなことというたら、人間のやっとることすべてそうやないか。あれを汚ないとは、いまさらどの口でいえるねんな、伴的かてそれでこれまで喰うてきたんちゃうか」

「わいのいうのはそうやない。そら、すげ替えもやったし、戦争もんのフィルムも撮ったで。そやけどわいはわいなりに、そのフィルムを観《み》る人が、どないしたらいっちゃん興奮しよるか、強い刺激になるかと、それを考えてきてん」

「当り前やないか、それでなかったら売れんもんなあ」

「あのなあ、わいはいうたら芸術をつくってきたつもりやわ」

「芸術？」たいそうなことというなと口に出かかったが、伴的の思いつめた表情に、まあなんせしゃべらしたろ。

「わい等は、フィルムや写真、エロ本で、餓鬼どもをしゃんとさせ、男としての生甲斐《いきがい》を味わわせたるのが商売やろ、スブやんそないいうとったやないか。あのカキヤかてそうや、まず自分がもりもりしてくるような奴でなかあかんいうて、ほいでオナニーかきつつエロ本書いた。こら立派なもんや思うわ。エロ事師には、この心意気なかったらあかん思うわ、不感症のまま死にはったお母さんをなぐさめるために、ひたすら女の悦《よろこ》びをえがくというやむにやまれぬ気持、それと、今いうた心意気、この二つあるさかいカキヤの書いたエロ本は芸術作品や思うねん」

「そんなもん理くつだけやろ、実際はお前、尻《しり》へとまわるぬめりをもってどないしたとかいうあほみたいなこっちゃ」

「言葉はそうでも、その言葉を書く心や、どうしてもその言葉を書かんならん、書きたいと思うてカキヤは筆をとったんや、わいのフィルムも同じやで、わいは客のいうなりになってカメラまわしとらんわ。どないしてでも撮りたいシーン、それがなかったらあかんというぎりぎりのとこで勝負しとる。いうてはなんやが、わいのフィルムが客に喜ばれるのも、そういう熱意が画面からにじみでとるからやろ。つまりわいは、わいの心をスクリーンに表現する、その心に客も共感してくれはる、これ芸術家のなによりの喜びやで」

「なんやしらんごちゃごちゃいいよって、つまりギャラ上げいうことちゃうんか」

「わかってもらえんかなあ、スブやんのやっとんのは、ただもう女を客にあてがうこっちゃろ、それもうまいことたぶらかして。わい等は、その一歩手前でやめるべきやで。男として立派に立たしたる、その立ったものをどう始末するか、それは客の自由とちゃうか」

「あほいえ、どう始末してええかわからんさかい、わいがたすけたっとるんじゃ。立ったなりに放り出してみい、気イ狂うてまうわ」

「気イ狂うたてええやろ、わいのフィルム観て、興奮して気イ狂う奴おったら、わいは本望やで」

こいつ冷めたい男やなあとスブやん呆《あき》れかえり、結局、伴的はとてもついていけないから、ここで独立したいというのである。独立するのは勝手やが、その伴的の芸術作品いうのかて、売り手がおらんかったらどないもならんで、まさか学校の講堂で写すわけにもいくまいがな。

「いや、ポールが協力するいうとんねん。あれも、大学までいって女ばっかしひっかけて、人にとりもつのは馬鹿《ばか》らしいいうとる」

「なんやてえ」

　思いがけない話にスブやん逆上した。

「つまりお前ら裏切るわけか」

「裏切りとはちゃうわ、スブやんにはスブやんのやり方あるし、わいにはわいの考え方あるねん。わいは芸術家やし、スブやんはそのヒューマニズムの方やねんな」

　そこへポールもあらわれて、いと他人行儀に頭を下げ、「先生の地盤は決して荒らすような真似《まね》しまへん、おかげでいろいろ勉強させてもろたさかい、ぼくなりにお顧客《とくい》を開拓します。それでですな、伴的さんのマネージャーとして」

　と、あらかじめ用意したらしく、フィルムの在庫、機材の明細をメモした紙を出し、

「今までつくったフィルムは全部お渡しします、機材のうちぼくの手引きでガメた十六ミリ関係のカメラ類と、付属のこまごましたもんはこれまでのよしみでこちらに戴《いただ》きたい思いますねん」

ぬけぬけというポールをみるうち、伴的の芸術論には煙にまかれたスブやんだが、エロ事師のなりわいは、そんな医者の事務員上がりにすぐとっかかれるようなもんちゃうぞオと腹が立ち、

「ええわええわ、好きなようしてみ、どないなるかみとったる、ただし、お前が表に立つ以上、これだけは心得てや、万一の時、ブタ箱どしこまれた時いらん口きくなよ、わかってるな」

わかってるなに凄味《すごみ》をきかせると、「お互いさま、もちつもたれつでいきましょ」ポール、いささかも負けず、これまで猫をかぶっていたらしい。

「ごめん、ごめん、喜早さんのおうちは、こちらさんで」

店の土間で声がして、スブやん出てみると、猿のようにちぢこまった老婆《ろうば》が、風呂敷包み振分けにかついでいる。

「どなたさんでっか」

「へえあの、関目の二階におりました阿部保の母でござります」

「阿部保さんというと」

「なんや死んだ時、えらいお世話さんになりまして、もうどないお礼申し上げてええやら」

関目の二階で死んだというと、ほなカキヤかいな、そやけどカキヤのお母さんはよいよいで死にはって——、

「知らんかったとは申せ、野辺の送りまでおまかせしたなりで、ほんまにありがとうございました」

しきりと礼をいわれ、まさか茶箱へ詰めてその上で麻雀《マージャン》やって葬《とむら》いましたともいえずむにゃむにゃごま化し、まあ、どうぞお上りなって下さい。

話をきいて伴的、ポールもきょとんとし、こらどないなっとるんやと顔を見合せる、ちんまり坐りこんだカキヤのお袋、涙まじえて物語る。

「あれも不幸な子供でございまして、幼い頃に父と別れ、その後、わてはあれを連れ子して再婚しました。ところがおおきなるにつれて、えらいひがみはじめましてな」

何度も家出をくりかえし、職をうつり、もう死んだものとあきらめていると、つい一年前、不意に現金書留で二万円が母あてにとどけられ、「わしもどうやらもの書いて銭をとるようなった。これからはときどき送金するさかい、小遣いの足しにしてくれ」とあった。その後もふた月に一度の割りで、二万の金が送られて、ようやくあれも一人前なったかと、今年の春には関目までたずねてもいった。ところがその時には、「わいも今は女房がおる、実は女房にお母はんおるこというてないから、こない急に来られても

びっくりしよるやろ、時期みて会わせるから」と部屋へも通されず、とんかつ屋で飯をさし向いでくうただけ。そして二度目に来てみれば、なんと死んだときかされ、どうにも信じかねたが、葬式は知り合いの人が集まってすませたいうし、そこで今日はあらためて出直し、アパートできいたこちらさんに伺って、そのくわしい話もきかせてほしい、骨も引取らせてもらおと、こう思いまして。

カキヤの話とはあまりにちがうから、すぐには返事もできず、一同、はあはあとうなずくだけ。

「あれは、死にぎわ苦しみよりましたか、それに嫁はどないしよりましたか。あこでは一人暮しやったいうてはりましたが」

そこで伴的すすみ出て、眠るが如《ごと》き往生とか、嫁はんは別に住んではって、あすこは仕事場でしてんとか、これも芸術家同士の友情か、でまかせをいって、お母はんをなぐさめ、ようやく帰すとスブやん、「なあ伴的、ようもカキヤはえらい嘘《うそ》ついたな。ええ？　不感症の母への思慕やて、あの婆《ばあ》ちゃん、今こそちんこうなってるけど、どうしてどうして昔は好きやった感じやで」

「カキヤにはカキヤの気持あってんやろ、他人がどうこういう筋合いやあれへん。問題は作品や」

「作品いうて、お前いうとったやないか、いつも同じシーンばかりで能がないて」「もうええやないか、とにかく挨拶《あいさつ》したで、わいはポールとやりまっさ、芸術で人を感動させるんと、スブやんのヒューマニズムと、どっちがエロで強いか、やってみようやないか」

「よういうたな、勝手にさらせ」

二人が帰った後、むしゃくしゃしてカボーに、「お前もいきたいんやったらいってええで」

「いえ、ぼくは今のままで幸福です。ポールさんに負けんよう、スケコマシやりますわ」「芸術とヒューマニズムか、お前どっちえらいおもう」「わからんけど、やっぱしいちばんえらいのは、ジョンソン大統領ちゃいますか」

翌日から顧客《とくい》先きをまわると、もはやポールがあらわれていて、「今度、映画部門が独立しました。実費で新作をどしどし配給します」と宣伝してまわり、しかも、まるで食事のメニューみたいに、「五千円コース、カラー二本白黒一本。一万円コース、カラートーキー一本カラーサイレント二本。一万五千円コース、十六ミリカラートーキー一本、八ミリカラートーキー一本。いずれも当日午後二時より翌日正午までの賃貸料」他に、シロクロ実演の紹介から、自家用ブルーフィルムの制作引受け、制作意図を打ち合せの後、シナリオを提出し、十分客の意を生かして作る、期間は二十日、費用八ミリカラーで十五万円、トーキー代は実費とやら、エロテープ、男性用器具とやら、ポールの手らしく、一見印刷したような書体で、ちらしが配られていて、これは昨日今日にはじまった準備ではない。

「ごつい商売仇《がたき》あらわれたなあ、こら、この方が近代的で、頼む方も気楽やなあ、ふつうの商売の見積書とかわらんもん」

兼坂までがこういうから、スブやん悲しくなり、ブルーフィルムは材木や鉄とちゃうでえ、プラスアルファがなかあかんのんじゃ、第一、伴的自分のつくったフィルムを芸術やらなんやらいうて、これやったら徹底的に金もうけやないか、歯嚙《はが》みする思いだったが、うわべはおっとりと、

「まあ利用したっとくれやす。こっちはもう、子供欺《だま》しのうつし画《え》には飽きましてん、なんちゅうても、女ですわ」

いまさら伴的に怒鳴りこんでも始まらず、どっちにしろ世をはばかるこの道、なまじ仲間割れが深刻になっては、どこでぼろがでるかわからぬ。

「そや、前にたのまれとった人造人間なあ、南極へもっていたいう奴《やつ》、あれ、手エに入るらしいで」兼坂がいった。

「どこでつくってまんねん」

「なんや東京の江東区の方にな、専門工場あんねんて。一般には売らんと、表向き医療器具いうことにしてな、東南アジアのバイヤー向けに出しとるらしい」

「はあ医療器具でっか」

「インポ直すいうらしいわ。腰のへんにモーターあってな、手の指がスイッチになっとって、ボタン押すとゆすったり、温めたりしよるんやて」

そ、それどないかして手エに入りませんか、スブやん身を乗り出したのは、ひょっとしておのれの不甲斐なさも、そのお人形で直るんやないかと期待する心があった。「千ドル、三十六万やそうな、もっとも、キスしたらべろ出すだけで、モーター入っとらんのは、七万からあるいうとったわ」

一つ是非たのみますわ、いっちゃんええやつ。フィルムもパーティもまだ軌道に乗らず、ここで三十六万はえらいが、いざとなれば、やばいのを承知で今ある医者のカラーをさばいてもええ、背に腹はかえられんでエと気がせき、まるで未だ見ぬ恋。

第二回乱交パーティを十二月十五日ときめ、女は、ポールの手を離れたカボーが、憑《つ》かれたように、一日も欠さず盛り場に網を張り、以前よりはるかに美しい獲物を手に入れて、「もうこれは中毒ですわ」という。

スブやんの計画では、一回目のときのように、ややくたびれた男ばっかしでは、丁度、カンフル射《う》たれた重病人が、その時だけちょっと元気になるようなもんで、そやからこそみすぼらしい。理想をいえば、映画の二枚目かスポーツ選手、加山雄三や王貞治《さだはる》みたいに、顔も体もええ、そして張り切っとるのが、男そのものの姿で、女をとっかえひっかえ抱く、それでこそ、後味のすがすがしいレモンなめたような乱交とちゃうか。とはいうても連中不自由してえへんやろし、ここが問題やで。女はどうでもええ、肝心なのは男や、そら金ももうけんならんが、印象わるいのはかなわん。だから、客をえらび、いちいち動物を吟味するように、年齢、骨格を考慮に入れて、腹の突き出た鉄屋やら、青白いけつっぺたの助教授は今回御遠慮ねがう。

舞台に、伊丹《いたみ》の外人向け貸し家、家具暖房つきを借り、集まる餓鬼は、売れっ子のタレント、東京のコメディアン、外人貿易商、プロ・ゴルファー、ＴＶディレクター、映画監督、電気メーカー宣伝課長、商業カメラマン、それに兼坂の九人、いずれも四十未満の男盛りで、これまでスブやんとは兼坂以外、殆《ほと》んどつきあいのない連中、伝《つ》てを頼って直接ぶつかり、ただもう乱交パーティのより見事な成果のみを願って集めたのである。会費は同じく三万円。

「スケコマシの費用考えたらこらあわんのちゃいますか、まあおやっさんがやりたいねんから、それでええねんやろけど」「これは道楽やおもてるねん、これでやな、乱交とはこういうもんやいう見本を、わいつくったるねん、次ぎからは商売や。伴的の奴、乱交は汚ならしいいいよった。そやけどわいの考えでは、これこそほんまのセックスや思うねんわ。そらいっぺんにここへとびこむいうても、なれんこっちゃから、皆びくついて、びくつくからみばもわるなる。そやけどみとってみ、今度めのお客は、わいがちょっというただけで、眼エぎらぎらさせて、ぴんぴん張り切らせよったんばっかしやで、この連中にはやれる、やってもらわなあかん」

「そやけど、みんな顔知っとるタレントさんもいてはるでしょう、後でごたごたするのとちゃいますか」

「わいがひきうける、一年半は覚悟しとんのや。くずくず心配せんと、カボーはええ女たのむで、ぶすばっかりやったら、お客さんかて頑張れんで」

第一回目の女と、カボーが手に入れたあたらしい女を半々に混ぜ、もうあらたまって、ナイトクラブの真珠のと面倒くさい手続きはやらぬ。はじめての女は、パーティに招待という名目でさそい、そのうち古顔がはじめたら、なんとかなるやろ、強姦《ごうかん》もええやないか、なれあいでむしゃぶりつきあうより、逃げる女を男が髪ひっつかんで倒し、さらにぶんなぐって己《おの》がものとする、そうや、そうでなければ迫力ないで。

十一月末に、人工美女がとどいた。丁度、棺桶《かんおけ》ほどの茶色の箱に納められ、説明書は横文字だったが、なにみただけで用途はわかる。デパートのマネキンと異なり、まったくの日本美人、だが映画俳優の誰にも似ていず、どことい って特徴のない表情。プラスティックの一種か、肌はなめらかでやわらかく、膝《ひざ》、肘《ひじ》、肩、脚の関節部分に継目はあるが、くらがりで抱けばこれも気にはなるまい。やや汚れたブラジャーと白いパンティをつけている。

パンティをとると、一本一本手で植えたという繁《しげ》みが美しくかざられ、それに続いて少女のように固く閉ざされた貝があった。

手をふれるのも、なにかはばかられるようにその姿も色も美しく、どぎまぎしたスブやん、「そや、スイッチいうとったなあ」と、その指をみたがただなめらかにのび、爪《つめ》にはエナメルのピンクが光っているだけ。説明書の横文字はわからぬが、図解をみると、脚の踵《かかと》に差し込みがあり、専用のコードでコンセントにつなぐらしい。そしてスイッチは指ではなくて乳房、右の乳首を押さえると、図解によれば腰がグラインド運動をし、左の乳首は収縮作用とつながる。

「こらものすごいでえ」スブやん感歎《かんたん》してふっと唇を押しあてると、なんと兼坂のいったように、やわらかい舌がでて、女の眼が閉じられた。

「こ、これやったら直るかも知れん」立ち上るとコードをとりつけ、二階へ上ってゴム製品と、恵子の鏡台から古いクリームを用意し、だがさすがに恐ろしいような気持で、おそるおそる貝にふれると、ほんのり熱をおびている。そんなあほな生きとるんやあるまいし、だが女体すべて次第に温《ぬく》もり、これはどうやら電気毛布のようなしかけらしい。とりあえずかかえこみ、右の乳首にひょいとふれたとたん、台所でポンとはじける音がし、電気が消えて、これはヒューズがとんだのだった。

「な、なんちゅうこっちゃ」といったたって、すぐにヒューズ直すわけにもいかず、暗闇《くらやみ》の中で次第に冷える人工美女をかかえこむうち、やはりこうして熱がこぼれるように掌から失《う》せたお春を思い出し、すとんとつきがおちた。

汚れたブラジャーを恵子の簞笥《たんす》にあるのととりかえ、このままでも色気ないから、あちこち探してセーターにスカートをはかせ、部屋のすみに置くと、これはまったく人形とは思えぬ。全体に小柄で、十四、五歳のやや幼い体つきに仕上げてあった。

「恵子」スブやん、そっと呼びかけて唾《つば》をのむ。

電気にはまるで弱いから、ゴキに頼みにいくと、ゴキ飲んだくれていて、「伴的こないだこぼしとったで」「なんでや」「あのポールいう奴、ごついがみついらしいわ、粗製乱造で大量生産させるいうて」「そやけど商売なっとんのか、あの餓鬼に」さすがに気になってたずねると、はじめはマネージャーやてうまいことというとったが、たちまちポールが社長で、伴的は使用人、どんな屑《くず》フィルムも生かして使えいわれて、ひどい作品を、客に押しつけとるらしい。

「あほが、いまにパクられよるで」

「気イつけた方がええで、わいがやられる時は、誰かれなしに一網打尽やいうてひらき直っとるらしいからな」

そんなむちゃなとスブやんふんがいしたが、今はそれどころやない。「夜おそいとこ気の毒やが、ちょと直してんか、電気つかな商売なれへん」

「弱ったなあ、わいちょっと具合わるいねん」

「なんでや」

「いやなあ」と、腹を指さし、「この冬こそゴキブリを生かしとったろ思うてな、布に包んで体温であっためてんねん、表へ行くいうたらとらんならんし、ほな死んでまうやろ」

「かわっとんなア、なにも体温でぬくめんかてええやろ」

「いや火イはあかん、今年の冬はこないして、じっと抱いとったろ思うわ」

ほな、乱交パーティも手伝えへんのんか、「どうせ何匹かは死によるやろ、数少のうになったらどこへでも行けるけど、今は百匹おるねん、卵かえす牝鶏《めんどり》の心境やで」

「そやけどなんであんな、そんなゴキブリなんかいう人のいやがる虫好きやねんな」

「さあなあ、スブやんが男のあわれさに惚《ほ》れたんと同じちゃうか、わいはこのゴキブリのいつも濡《ぬ》れとるような肌と、それからこれ体のわりに軽いねんで、紙みたいやわ。掌ににぎっとったら、こんな虫でも脅えるいうんかな、ひげだけひょひょろいのかして、なんやあわれやで」

いつ頃からのことやというと、兵隊で中国へ行った時、ジャンクに乗って川を上ったり下ったり毎日見張りさせられ、その船倉にびっしりゴキブリがはりついていて、まるで壁全体がわさわさしよるようにみえた。はじめは気持わるかったけど、そのうち一匹をマッチ箱にとじこめ、ポケットに入れて持ち歩くうちに、愛着が出て、どこへ行く時もゴキブリと一緒。

「ペットいうより、お守りやったのかも知れん、擲弾筒《てきだんとう》が暴発して、三人いっぺんにふっとんだ時も、わいだけは脚に破片入っただけで済んだもんなあ」

まあそんな長いつきあいやったら、そらもうしゃあないなとあきらめ、ふたたび夜道を歩いて帰る。乱交パーティは、カボーと二人でもやれるやろ、それにしてもあのポールの奴、どないかせんと、やばいでえ。

暗闇の中にカボーがいた。ヒューズ切れたというと、気楽にありあわせの針金でまにあわせ、人工美女を発見して、「な、なんですか、これ」

「まあ、大人の玩具《おもちゃ》やなあ」あらためてしげしげながめ入り、さすがにカボーがいてはちょとやりにくい、まあ、あせらいでもこれは逃げ出さん。

翌日、二人は伊丹の貸し家下見にいって、一週間後にせまったパーティに必要な小道具をしらべる。一階は間仕切りのない広い部屋で、本物の暖炉があり、ここで火イたけばごついロマンチックなムードになるやろ。二階は四部屋あっていずれもベッドルーム、ここに貸布団《かしぶとん》を入れておく、十二月ともなればむき出しでは風邪をひく。

アルミ箔《はく》の皿に紙のコップ、ビールは小便ばっかしでるから、今度はウィスキーでいこ、かち割りと水おいて、セルフサービスにしてもらお。ただ、照明には凝りたいなあ、古いランプ十ばかし買うて、ええように配置したらどやろ。スブやんの思いつきをカボーがメモし、先立って写すフィルムのための十六ミリ映写機と、音楽流すテープレコーダーは電気屋で借りる、一切合財《がっさい》的のアパートにおきっぱなしで、今更とりに行くのもけったくそわるい。

「今、金ないからな、細かいのだけデパートで買うといてくれ、わいはちょっと算段してくるさかい」

梅田へもどるとスブやんはカボーと別れ、阪急六甲登山口までの切符を買った。六甲の医者へのりこむのである。

医者のフィルムはサツをはばかってまだ百本近くロッカーにある、一本一本売ってたのでは今の間にあわん、それより、堂々と面会を求め、適当なことをいって、ひきとらせればいちばん簡単だ。それにもう一つ目的があった。

「先生、いや、私はほんとうにおどろきましたです、眼を疑いましたです」

夕方近く、ガウンに着かえた医者は、スブやんを不審そうに迎え、まったくフィルムの件とは気づかないでいるのに、まずのっけから芝居がかりで物語る。

「実は、私、梅田の問屋街を歩いておりますと、人相の悪い男によびとめられまして、おもろい映画観《み》せるいいよります。誘われるままについていきますと、まあこういうては何ですが、変な写真で、中に先生のお顔がみえましたのです、先生のあられもないお姿が」

「私の顔といいますと」

「いえ、私、ふとしたことから先生のお顔を以前から存じ上げておりましたのです。つい、この先きに住んでおりましたよって、へえ」

疑がわしそうにみる医者を、きっとみかえし、

「先生、お名前が汚《けが》れます。御高名な先生があのようなフィルムをおつくりになり、そして出演されているということがばれましたら、これは患者がかわいそうです先生を信用してる――」

「キ、君はぼくを脅迫する気かね」

　医者は眼鏡をふるわせて立ち上る。

「いえ、ちがいます。私、その筋の者にいくらかは顔もききます。先生とこの事務員さんが、給料がわりに持って出たことも存じてま、どないでしょうか、お買いもどしになるおつもりは――」

　ふたたび医者はすわり直し、「そりゃ金額によっては」というから、五十万の値をつけた。まあもっていきようによってはフィルムにも未練あるやろし、なにより自分の素姓ばれてはやばい、百万が二百万でもこれだけの構えの病院ならと考えたが、だが、今のスブやん、パーティの費用さえ出ればいい。

　話まとまって翌日すぐにフィルムを持参し、ひきかえに手の切れるような五十万、そしてかえりぎわにささやく、

「その事務員さんですけど、あれほっときなはるか、住所氏名わかってまっけど、なんやったらちと痛い目エあわさしたってもよろしおまっせ」

はじめてやくざっぽい口調をつかい、医者はあわてて、「いや、そんなことしてもらわんでもよろし、そやけど、彼の事情もきいてみたいから、住所だけ教えてもらいまひょか」

かつてポールは、この医者が神戸の暴力団と親しくしていて、でいりなどあった時の怪我《けが》を、警察には知らせず治療し、代償として三宮のキャバレーをただで飲み歩くといっていた。さだめしポールには恨み骨髄のこの医者、きっと組のものに頼むにちがいない。今は調子に乗ってあの餓鬼強そうなことというとるが、いちどギューいわしたったら、エロの商売のきびしさ教えたったら、そのうち平つくばってあやまりよるやろ、医者を使っての一石二鳥の計画なのだ。

医者からの帰途、伊丹へ寄って撮影機とテープレコーダーを運びこみ、どうせやるんやったら豪華にと、ウィスキーはスコッチ、花は一輪二百円の薔薇《ばら》、楽器屋に頼んでエレクトーンとその演奏者を手配し、暖炉にたく薪木《たきぎ》も極上をそろえる。

なんせ乱交パーティはやる方もそやろけど準備するのがしんどい、またこれで当日は徹夜やろ少し寝とかんといかん、スブやんごく紳士的にトルコで蒸され、夜更《よふ》けの家へかえると、カボーが人工美女を抱いていた。

スブやんの帰った物音にもまるで気づかぬ様子、毎日洋服をとりかえてやって、今は正月用につくった紫のビロードの服をまとう恵子、いや美女を、カボーすっかりはぎとり裸にし、ちゃっかりとコンセントにコードをつなぎ、もくりもくりとおおいかぶさったまま、うごめき、

「な、なにさらしてけつかる」

スブやん蹴《け》とばしたがカボーは体ずらしただけで抱きしめてはなれず、美女はまた右の乳首しっかと押えられたまま、腰の蠕動《ぜんどう》をやめぬ。

肩に手をかけ離そうとしても重なったなり体を起す、ようやく気づいてコードをはずすと美女はうごきをやめ、つづいてカボー低くうめき、がっくり力を抜いたところを、もう一度蹴とばし、ようやくはなれたカボーのチンチンから、泉のように白濁した液が二度、三度吹き上った。

「おんどれ、わいの」恵子とはいえず、「これはお前、客のもんやぞ、それを」と美女をみると、そこはぬめぬめと光り、あのひたととじられていた貝は無惨《むざん》に押しひろげられていて、中は毒々しいばかりの赤。

まだぼんやり気の抜けた態《てい》のカボーようやく、

「おやっさん、早《はよ》う童貞捨てえいうてはりましたやんか。ぼく、このお人形さんみてるうち、はじめてその気イなって、そらわるいおもたけど、まあお人形さんやからええん

ちゃうかおもて——」

　スブやんただわなわなと腕をふるわせ、ひたすら貝のあたりを見入り、

「わいの、わいの恵子やないか、これは。どないしてくれるんや、人間やったらまだええわ、処女がどうちゅうこともないやろ、そやけど、心を持たん人形は、いっぺん使われたら、もうそれで古物やないか。わいがどないしたって、わいはもうカボーのお古抱くことになるやないか、あほんだら、せめてかぶせぐらいしてやらんかい」

　混乱した頭でただぶつぶつ呟《つぶや》き、

「どうもすいまへんでした、そやけど、このお人形ようできてるわ、ほんま、感激しましたわ」

　いっこうに悪いことした風もないカボーに、スブやん、

「ええわ、お前にやるわ、お前毎晩かわいがったり」ほんま、娘をとられたてて親の心境。

　十二月十五日、午後六時から乱交パーティがはじまった。まず女達九名はダイニングキッチンに集められ、「このパーティは各界有名男性と楽しくあそぶのが目的です」嘘ではないと、TVタレントやコメディアンなど、メインルームにたむろする男九名のうちの、顔の売れたのをさりげなくみせ、

「皆さんもう大人だから、いちいちお互いの行動に干渉したり、また恥かしがったりはせんといて下さい。雰囲気《ふんいき》がこわれます、ただもうこの瞬間を思う存分おもしろおかしくすごしていただけばよろしいのです、いうたら生きるよろこびを求める会ですな」

男には目かくしをつけさせる、これはつまり初めの踊りの選択を女にまかせるためであり、また男を狂気に追いやる方法でもあった。手さぐりで自分の抱く女を、あれかこれかと思いえがき、その顔やら体つき、ただもういちいち肌でたしかめるしかない、盲なんだからという逃道を与えられて、男はさらに積極的にふるまうだろう、そして目明きの優位さから女もそれをゆるすであろう。

この異様なパーティに眼をみはりながら、眼鏡をかけた女性が、エレクトーンを弾く。室内は赤々と燃える炉の焔《ほのお》と、しかるべく飾られた石油ランプのにじんだ光に照らされ、フロアーには一面に薔薇の花が散り敷かれていて、さすがに男達は盛装で、そのダークスーツに、黒い布の眼かくしが、エキゾチックな影をそえ、

「では紳士方そのままっすぐ進んで下さい、そして自分の体にまずふれた女性と、どうかダンスをお楽しみ下さい。踊りつかれたら、そのまま女性に手をひかれて、お飲物の席へどうぞ、ウィスキーはふんだんに用意してあります。もちろん淑女にはブランデーとチンザーノ」

男性は動きようにも、他の連中の態度がわからないから、その場でまごまごする、と、するすると女性が近づき、眼かくしするとタレントも兼坂も見分けがつきにくく、別に奪いあいすることもなく、たちまち九組のカップルがフロアーをすべりはじめる。

「カボー、氷たのむで」キッチンでは、なれぬアイスピックをふるってカボー氷ととりくみ、スブやんひょいと表をみると、夜空に冬の月が、見事にかかり、その下を空港へ降りるらしい飛行機の巨大な認識燈《にんしきとう》が赤と青に点滅して、だが爆音はエレクトーンに消されてとどかぬ。

「あんばいはどないです」

「まだ始まったばっかしや、まあそやけど大丈夫やろ」

「吉岡さんと踊れるなんて、うち感激やわあ」タレントと組んだ女、新顔で帝塚山《てづかやま》に住むという社長令嬢がTVタレントにウィスキーの水割りをつくってやりながらしゃべる。「いやこちらこそ光栄です。眼エはみえんけど、あんたが美人やいうことはちゃんとわかってま」「いやあうまいことというて、その手で女の人だますんでしょ、ずっと眼エふさいでてくれはったらうれしいねんけど」「眼エみえんかて」と吉岡は、女の腰に手をまわし抱きよせる、女はいたずらっぽい顔で、その顔をみつめ別にあらがわぬ。

一回目に参加した女は、さすがに積極的で、すでにキッスかわすものもあれば、ことさら下半身をひたと寄せて踊り、新顔の女達、その姿にあわてて眼をそらすが、いつかまた視線をそちらに吸い寄せられ、かたわらの男とみくらべてみたり——。

最初に二階へ上ったのは、コメディアンとこれも新顔のIBMプログラマーで、二十四歳、今夜の中ではいちばんの美人だった。誰もそれを気にとめず、もうこの頃になるとエレクトーンは邪魔で、三千円の約束に二千円の割増しつけてこれを口留めに演奏者をかえし、音楽はテープレコーダーに切り替わる。つづいてプロ・ゴルファーと古顔の美容師の卵が階段を登り、すぐにギャーッとけたたましい女の悲鳴、上半身下着の女、IBMプログラマーが階段を駈《か》けおりてくる、すぐ後をこれは服を着たままのコメディアンが追いかけ、玄関でその肩をつかむと、ふりむけざま、ピシッと女の頰をうつ。女は一瞬顔をおおい、すぐ横の、古顔のBGにもたれこむように救いを求め、それをBGは邪けんに、コメディアンに向け突きもどす、抵抗もそこまでで、ぐったりとなったIBM、軽々と抱きかかえられて再び二階へ、立ちすくむメインルームの一同に、コメディアンにっこりと、挨拶《あいさつ》した。

これがきっかけで、男達、そのすべてがすでに眼かくしをかなぐり捨てていたが、それぞれの女に襲いかかり、そして暴れる新顔を、古顔はすすんで押えつけ、みずから男に抱かれながら手近かの女の、暴れる脚や手をかかえこむ有様。新顔の一人、心斎橋の化粧品屋の娘は、映画監督にくの字にたたまれたまま、呪文《じゅもん》のように、「結婚してくれはるな、結婚してくれはるな」とくりかえし、入れかわってカメラマンが抱きつくと、これにも同じく自分から相手の背中に手をまわし、同じ言葉をさえずった。最後まで抵抗したのは、南のお寺の娘、「うちまけへんで、うちまけへんで」と歯をくいしばり、その両脚を古顔に制せられたまま首だけをねじまげ、しきりに、せめて上半身だけでも逃げのびようとし、しかしその胸はすでにあらわにされていて、二人の男が片方ずつ乳房をわしづかみにし、そのいたるところに唇をつけていた。

男達は飽くことを知らず、木偶《でく》あやつる如《ごと》く壁に背もたせて膝《ひざ》弁天のかまえ、動きにつれて女鶺鴒《せきれい》のさえずりをきかせ、また菊座を狙《ねら》う男より身もがき逃れんと、重ったまま床をおし歩く女、身づくろいする気力も失《う》せ、だらしなく四肢《しし》あけっぴろげな女のかたわらに、五寸八分胴返しをこれみよがしに誇る男、部屋の様子は一変して男はすべて全裸、女も、たとえ身にまとってはいてもねじれたブラジャー裂かれたスリップ、フロアーの踏みにじられた薔薇にかわって、色とりどりの下着が華《はな》やかに花をかざる。渓潤《けいかん》いやが上にも熱し、泥亀頭《でいき》をもたげて倦《う》むことを知らず、上《あが》り藤《ふじ》あり、羽衣あり、浪枕あり、伽羅車《きゃらぐるま》あり、花紅葉あり。

「君はいつ処女を失ったの?」「そんなんずっと前や」「あのコメディアンと、どっちええ」「いやらしわあ」「喉《のど》かわいたな」「うちのましたる」男も女も、いつしか心のしんまでうちとけて、ひたすら抱き合う二人は、二人だけの世界に閉じこもり、谷渡りにも、車がかりにもおめず臆《おく》さず、ただきこえるのは、つく音せわしき入相《いりあい》の鐘に、すすり上げる泣き上戸、やがては息絶える虫の声。

すでにキャンドルライトは消して、暖炉の焔影《ほかげ》にゆらゆらと赤くうつし出されたフロアーに、白いかたまりが九つ横たわり、もくもくとうごくのを、スブやんは畑の作物みまわる百姓のごとく、その合間をぬって歩きまわり、「どや、みな生きてはるな、万年筆みたいなんひとつずつ後生大事にかかえて、ギッコンギッコンやっとるねんな、ほれ、しっかりせなあかんで、エンジンかけたり、馬力出したり、夜道はまだまだ遠おます、チンチンだけがこの世のたより、終世はなれん同行二人、地獄極楽どこまでも、一つ突いてはわれのため、も一つ突つくのは魔羅《まら》のため、神も如来《にょらい》もくそくらえ、すがるこの道ただ一筋や、エロが失せたらこの世の終り、ほれ、男はギッコン女はコロロン、ギッコンコロロンええ調子、苔《こけ》のむすまで尽きせぬ魔羅こそめでたいめでたい」

どや、カボーみてみい、これが乱交やで、これが裸の人間いうもんや、見栄《みえ》も外聞もあれへんが、後生大事これ一筋に今こそみんな生命《いのち》かけとる、女かてそういう男の心意気にうれしいねんわ、ほれ泣いとるぞ、嬉《うれ》し涙やで、生れてはじめて男の情けにふれた、あれが女のうれし泣きや、しゃべりつづけるスブやんにカボーは、「あのぼくもう用ないのんとちがいますか、片づけるのんは、明日朝早うきてやりまっさかい」「かえるいうて、もうおそいやろ」「ここらタクシーありますから」「ええやないか、もうちょっとおれや」「ぼく、あのこに会いたいんですわ、もう電気入れんかて、ぼく抱いたったらほかほか体ぬくうなりよんですわ、今頃寒むがっとるんちゃうかおもて」あのこ、つまり人工美女。

カボーが去ると一人残されたキッチンに、月の光が冷めたくさしかかり、ここまでは暖炉の熱もとどかぬから、思わずくしゃみ一つして、「カボーはええわい、人形でもなんでも女がおるねんからなあ、わいは、こらもう男やなくなってもたんちゃうやろか、乱交みてもまるで感じへんし」あらためてズボンをおろし、わがものをたしかめると、寒気にうたれたせいか、まるで椎《しい》の実のようにちぢこまり、さきほどの、あの長短大小、上反下反かりたか越前《えちぜん》それぞれ異ってはいても、いずれ劣らず金鉄の如く火焔《かえん》の如き乱交の男たちのそれとは、これが同じ男の付属物とも思えぬ無駄魔羅。月の光に萎《な》えたチンチンをさらして、「インポは、エロ事師の職業病やろか」とスブやんつぶやく。いや、病気とちゃう、インポこそ、エロの極致はインポなんかも知れん、冴《さ》えかえった月と、唯《ただ》一人相対するうち、やがて、しみじみと毛穴にまで満足感がしみ渡り、もうインポも

餓鬼もどうでもええような風流な気分で、昔、早稲田《わせだ》の講義録で読んだ芭蕉《ばしょう》を思い出し
——
萎え魔羅にさしこむはただ冬の月
　臍《へそ》にうつりし枯枝の色
乱痴気の伊丹の宿の夜更けて
　弾みきったる長き逸物《いちもつ》
褌《ふんどし》も帯も行方は知れずして
　胸毛ばかりが見栄の小男
田楽も固き豆腐の新鉢《あらばち》に
　蛤《はまぐり》そえてそろう据膳《すえぜん》
あいなめの男は骨までしゃぶりつき
　無理な形に脚のつき出る
さまざまに品かわりたる色の道
　本手《ほんで》がやはり花とこそ知れ
死にますと啜《すす》り上げしもうつつにて
　女やや寒く鼻紙をもむ

うずくまる後架《こうか》やここに月の客
男の果ては皆インポなり

ぼくが家で待ってると警察から報《しら》せあっておやっさんが車にはねられたいいます。だいたい青信号なってもすぐには渡らんほど注意深いおやっさんが、そんな事故におうたんも、あのパーティですっかり精魂つかい果たしてしもうたからやないかしらん、なんせおやっさんあれからぼけーっとしてもうて、伴的さんが青い顔して、なぐりこみかけられた、神戸の組のもんらしいいうてきた時かて、そうかあ、いうだけで、なんやポールさん半死にの目エにおうて、もうめちゃくちゃやそうなのに、別におどろく風もあれへん。

なんせはよ行かなあかんおもて、その警察、天満《てんま》署やったけどとんで参じたら、あほ病院やいうて怒られて、そいでひょっとみると、わいが写真では知っとる、どうも恵子さんらしい女の人いてる。あ、こら恵子はんにも連絡いったんかおもて声かけると、たしかにそうで、そやけど恵子はんが天満署におるのは、おやっさんの事故のためやあれへん。売春容疑でつかまりはったそうな。そやけどなんせ、おやっさん事故におうてんからと、わけを話して、巡査のつきそいで、あわてて病院へ行ったら、どこにいてはるか皆目わからん。ようやくたずねあてたとこは、行き倒れなんか収容する地下の汚ないベッドで、そこにおやっさん手当てしたままらしく、裸に近いかっこで寝てはる。意識はのうて、もう時間の問題やいうことで、こらえらいことなった、いや、ぼくより恵子さんはこれですっかり孤児とならはるわけやし、それでもこないして臨終にあえたんは、これも浅からぬ親子の縁ちゅうもんかしら思うて、なんせ、隣りのベッドにも一人寝て血泡《ちあわ》をぶくぶく吹いとるし、こんなとこで死なせるのは気の毒や、どっか部屋ないか尋ねに行ことしたら、なんや恵子はんがくすくす笑いはります。こらえらいこっちゃ、ひょっとしたら気イふれたんかも知れん、あんまし突然のことやからそれも無理ないけど、この陰気な病室に、いうてはわるいが死にかけてる二人と、気狂《きちが》いと一緒に何時間もおらんならんとは、こらかなわんと気色わるなって、とにかく誰か呼ぼうおもたら、若い医者入って来て、おやっさんの手首とって、「こらあかん、いてもたわ、気の毒やけど。背骨ごつうに打って、まあ頭の骨も陥没しとるし」と気楽にいいはる。恵子はんはさすがに先生おる間はだまってたけど、おらんようなると、前よりもっと笑い出して、ハンドバッグからハンケチを出し、おやっさんに近づいた。後できいた話ですけど、背骨の打ち方によってはそないなるそうでっけど、おやっさんのチンチン、ふんどしからはみ出して、死んだにもかかわらず、しゃんと天井むいて、まるで月にむかうロケットみたいにごついんですわ。ぼくはこらどないなりよったんか、インポやったおやっさん、恵子さんかえってきたら直るいうとったおやっさん、たしかに今、恵子はん帰ってきて、そいでいうた通りにしゃんとしたんは、こらやっぱし霊魂のなせるわざかしらんと、恐ろしくなりましてん。恵子さんはそんなこと知らんから、ただそのチンチンがおかしらしいねん、ふんどしからとび出したでかい奴《やつ》に、白いハンカチひらりときれいにかけて、そいで尚《なお》いっそうけたけた笑いはる。せまい室内にその声がワンワンひびき、ぼくもついつられて、およそ場ちがいなことで申しわけなかったけど、なんやおかしなって、そらそうでしょ、まだ死顔もそのままやのに、チンチンだけえらそうにまっ白なハンケチかぶせてもろて、ほんま、こらもうどっちゃが顔やわかれへんと思わず一緒に笑《わろ》うてしもたんですわ、ジョンジョンジョンジョン——。

解説

澁澤龍彦

明治以来の近代日本の文学史上に、かつて一度も現われたことのなかった突然変異の畸形《きけい》児《じ》のごとき型破りな小説家、猥雑《わいざつ》きわまりない現実を、同じく猥雑きわまりない措辞と語法によって描き出しつつ、しかもその表現のたった一行とても、下品であったり野卑であったりすることのない不思議な文章家、男女のからみ合うベッド・シーンばかりを書きたがる当節の通俗流行作家とは全く反対に、ひたすら観念のエロティシズム、欠如体としてのエロティシズムにのみ没頭する一種独特な性の探求家、――私が野坂昭如《あきゆき》という小説家についていだいているイメージは、ざっと以上のごときものである。

野坂氏の文章表現が、いかに在来の文壇の良識派作家のそれと異なっているかを示すには、たとえば小説『エロ事師たち』のなかから、次のごとき文章を任意に抜き出すだけで十分であろう。すなわち、

「あの婆アにブルーフィルム観せたったらどないしよるやろ、ヒャアとかキャアとかぬかして眼エつぶるのを、むりやり眼エあかしてさあみい、これが男と女のやるこっちゃアいうたったら、さぞかし胸すっとするやろ、とスブやんは考え……」とか、

「医者の診断は心臓麻痺《まひ》とのことで、死体の下半身むき出しのまま、ひもかわのような長いチンチンがでれっととぐろまいている」とか、

「二人、小便あぶくたてておよどむ上へ顔をさしかけ、人差指で喉《のど》ちんこいらいらとこちょぐって、無理に反吐《へど》をかきたてる」とかいった、特徴のある文章である。

何ともかとも言いようのない、いわば悪趣味の極致とも言うべき赤裸々な文章ではあるけれど、これによってもお分りの通り、野坂昭如氏は、きわめて特異なスタイリストとしての自分の領土から一歩も踏み外《はず》してはいないのである。赤裸々ではあるが野卑ではなく、露骨ではあるが下品ではないという、その文章表現上の秘密は、たぶん、この氏の独自なスタイルにあると思って差支《さしつか》えなかろう。スタイルとは、とりも直さず、現実を調理する調理人たる小説家の、その庖丁《ほうちょう》さばきの謂《いい》である。野坂氏の庖丁さばきは、既成の文壇作家のストイックな潔癖な趣味とは明らかに趣味を異にするけれど、しかもなお、現実を調理することによって文学の真実を救い出すという、その一点においては全く変りがないということがよく分るのである。

一読して容易に判明するように、小説『エロ事師たち』は、リアリズムの描写による文学ではない。描写が全くないということはないが、物語の大部分は、大阪弁による会話と、独特なリズムのある一種の語りともいうべき地《じ》の文章によって成り立っている。この会話と地の文章とは、互いに交錯し、融通無碍《むげ》に混淆《こんこう》し合うというところに第一の特徴があり、それは日本の古典的な語り物文芸、たとえば軍記物や義太夫《ぎだゆう》や浪花節《なにわぶし》などの伝統にそのまま則《のっと》っ

ているといえよう。昭和五年生れの野坂氏が、どれだけ古典に関心があったかということはさておき、大阪周辺で育った氏の幼少時体験のなかから、隔世遺伝のように自然に湧《わ》き出てくるものがあって、それが、あのような独特なスタイルを生み出さしめる素因になったのであろうと考えられる。そもそも伝統とは、そういう無意識のなかで継承されるものの謂ではあるまいか。

小説『エロ事師たち』の主人公スブやんなる人物は、みずから「エロ事師」と称し、法網をくぐって、世の男どもにあらゆるエロの手段を提供してやることをもって、自己の使命と信じている中年男である。しかし野坂氏の作家としての眼が単眼的でなく、つねに複眼的にすぐれていると思われるのは、このエロの真《ま》っ直中《ただなか》で生きているしたたかな中年男を、物語の途中から、容赦なくインポテンツの立場に追い落している点であろう。ここにこそ、作品の辛辣《しんらつ》なアイロニーが生きてくるのだ。この一種の逆転、どんでん返し、落ちのような操作は、作中のいたるところで執拗《しつよう》に繰返され、一般に、氏の小説（とくに短編）の大きな特徴ともなっているものだ。たとえば、カキヤ（エロ本書き）の告白によれば、不感症で、とうの昔に死んでいるはずの彼の母が、息子《むすこ》の死後、思いがけなくスブやんの家に訪《たず》ねてくるというところ。女嫌《ぎら》いのオナニストであったはずの美青年カボーが、最後にダッチ・ワイフの人工美女に惚《ほ》れこんでしまうというところ。また、これが小説全体を象徴する最大のアイロニーであるが、自動車事故で死んだインポテンツの男の男根が、生前は全く元気を失っていたのに、どういうわけか死後は隆々と勃起《ぼっき》して、「どっちゃが顔やわかれへん」という、あわれにも滑稽《こっけい》な状態になってしまうというところ、等々である。このアイロニーは、性そのもののアイロニーとぴったり重なっている。

ここで、野坂氏の性に対する根本的な態度ともいうべきものを、明らかにしておく必要があるように思われる。氏自身もエッセーなどでしばしば語っているところであるが、オナニズムを最高のエロティシズムとする氏の性の世界は、純粋に観念の世界、想像力の世界なのだ。男と女がベッドで正常の営みをして、正常の興奮やら満足やらを味わうといったような、世間一般の小説や映画のなかに数限りなく出てくる性愛のパターンが、野坂氏の小説のなかには、ほとんど一つも出てこないということに注意していただきたい。端的に言えば、野坂氏の興味はいつもエロティシズムの否定面、あるいは欠如体としてのエロティシズムにのみ向けられているのである。オナニズムについて、インポテンツについて、タナトフィリア（死の愛好）について、あれほど執拗に語る作家が、氏以外にどこにいるだろうか。大げさに言えば、野坂氏はこの点で、古今東西の世界文学史上においても、まことに稀有《けう》なる存在と言うべきなのである。

性の世界においては「想像のエネルギーから独立した外的な現実はない。性に関する限り、対象物はない」と断言する若い英国の小説家コリン・ウィルソンの立場は、オナニズムを至上のものとする野坂氏のセックス観とまさに一致しており、なお付け加えるならば、かく申す私自身も同じような意見の持主なのである。エロティシズムが想像力に係《かか》わるものである以上、それが対象の不在を契機として、かえって強く発動するとしても、べつだん不思議はないであろうし、いわゆる精力絶倫の男よりも、性の危機感や恐怖におびやかされている男の方が、エロティックな想像力の燃焼度が高いであろうということも、当然、考えられてよいことである。この単純な逆説を、プロットを組み立てる上のメカニズムとして最大限に利用した作品が『エロ事師たち』であり、この作品のアイロニーは、この逆説の結果なのである。作品のアイロニーが性そのもののアイロニーとぴったり重なっている、と私が前に書いたのも、その意味からである。

アイロニーというよりも、むしろユーモア、あるいはブラック・ユーモアと呼んだほうがふさわしいような効果を発揮している部分も、『エロ事師たち』のなかに多く発見される。現実の醜悪悲惨が強調されればされるほど、そこにうごめく人間どもの言動の、何やらあっけらかんとした明るさや、また動物的な強靭《きょうじん》な平静さが、作者の筆によって対照的に際立《きわだ》たせられるのだ。滑稽と、グロテスクと、哀愁《ペーソス》とが一丸となったユーモアが、そこから生ずる。たとえば、妊娠五カ月で堕《お》ろした胎児を海苔《のり》の罐《かん》に包装して、淀川《よどがわ》の流れにほうりこみ、男たち三人が軍隊式の挙手の礼をして水葬にするという部分を見よ。また、オナニーをやりすぎた挙句《あげく》、心臓麻痺で死んだカキヤの遺骸《いがい》が横たわっている茶箱の上で、四人の男が奇態な葬式麻雀《マージャン》を始めるという部分を見よ。このあたりに横溢《おういつ》しているのは、同じユーモアとは言っても、何と言うか、まことに悽愴苛烈《せいそうかれつ》なユーモアで、すでに春風駘蕩《しゅんぷうたいとう》たるポルノグラフィックな雰囲気《ふんいき》などは、どこかに吹き飛ばされてしまっている。

ポルノグラフィーといえば、すぐれた春本を書くことを生涯の念願としているらしい野坂氏の作品には、いつもこの、ポルノグラフィックな雰囲気が濃密に漂っているようだ。アメリカで出版された『エロ事師たち』の英訳題名が『ザ・ポーノグラファーズ』というのも面白い。もともとpornographyとは娼婦《しようふ》(pornê)に関する記録(-graphy)というほどの意味であるが、春本、エロ写真、ブルーフィルム、媚薬《びやく》、性具の製作販売からコールガールの斡旋《あつせん》、痴漢術(?)の指導、さては乱交パーティーの開催にいたるまで、およそ法律上の猥褻罪《わいせつざい》の対象になり得る一切のものが、どうやらポルノグラフィーの範囲に入るらしいのである。『エロ事師たち』の登場人物は、いずれもこのポルノグラフィーを職業(もちろん非合法である)としている連中であって、PTAの教育ママが聞いたらまさに目をまわしそうな、彼らの社会のあざとい駆引や術策が、ここには赤裸々に報告されている。こうした社会の裏面に存在する、文字通りポルノグラフィックな最低の現実を文学の素材として用い、しかもそれを見事な庖丁さばきで料理したという作家もまた、野坂氏以前には、少なくとも日本には、一人もいなかったはずなのである。

この作品は昭和四十一年三月講談社より刊行された。

野坂昭如著

アメリカひじき・火垂るの墓

直木賞受賞

中年男の意識の底によどむ進駐軍コンプレックスをえぐる「アメリカひじき」など、著者の〝焼跡闇市派〟作家としての原点を示す6編。

深沢七郎著

楢山節考

中央公論新人賞受賞

雪の楢山へ老母を背板に乗せて捨てに行く孝行息子の胸つぶれる思い――棄老伝説に基づいて悲しい因習の世界を捉えた表題作等4編。

小林秀雄著

モオツァルト・無常という事

批評という形式に潜むあらゆる可能性を提示する「モオツァルト」、自らの宿命のかなしい主調音を奏でる連作「無常という事」等14編。

小林秀雄著

ドストエフスキイの生活

文学界賞受賞

ペトラシェフスキイ事件連座、シベリヤ流謫、恋愛、結婚、賭博――不世出の文豪の魂に迫り、漂泊の人生を的確に捉えた不滅の労作。

小林秀雄著

本居宣長

日本文学大賞受賞（上・下）

古典作者との対話を通して宣長が究めた人生の意味、人間の道。「本居宣長補記」を併録する著者畢生の大業、待望の文庫版！

宇能鴻一郎著

姫君を喰う話

―宇能鴻一郎傑作短編集―

官能と戦慄に満ちた物語が幕を開ける――。芥川賞史の金字塔「鯨神」、ただならぬ気配が立ちこめる表題作など至高の六編。

町田康著 夫婦茶碗

あまりにも過激な堕落の美学に大反響を呼んだ表題作、元パンクロッカーの大逃避行「人間の屑」。日本文藝最強の堕天使の傑作二編！

伊丹十三著 ヨーロッパ退屈日記

この人が「随筆」を「エッセイ」に変えた。本書を読まずしてエッセイを語るなかれ。一九六五年、衝撃のデビュー作、待望の復刊！

伊丹十三著 女たちよ！

真っ当な大人になるにはどうしたらいいの？マッチの点け方から恋愛術まで、正しく、美しく、実用的な答えは、この名著のなかに。

伊丹十三著 日本世間噺大系

夫必読の生理座談会から八瀬童子の座談会まで、思わず膝を乗り出す世間噺を集大成。リアルで身につまされるエッセイも多数収録。

村上春樹著 辺境・近境

自動小銃で脅かされたメキシコ、無人島トホホ潜入記、うどん三昧の讃岐紀行、震災で失われた故郷・神戸……。涙と笑いの7つの旅。

五木寛之著 風の王国

黒々と闇にねむる仁徳天皇陵に、密やかに寄りつどう異形の遍路たち。そして、次第に暴かれる現代国家の暗部……。戦慄のロマン。

井上ひさし著

新版國語元年

十種もの方言が飛び交う南郷家の当主・清之輔が「全国統一話し言葉」制定に励む！ 幾度も舞台化され、なお色褪せぬ傑作喜劇。

井上ひさし著

ブンとフン

フン先生が書いた小説の主人公、神出鬼没の大泥棒ブンが小説から飛び出した。奔放な空想奇想が痛烈な諷刺と哄笑を生む処女長編。

井上ひさし著

自家製文章読本

喋り慣れた日本語も、書くとなれば話が違う。名作から広告文まで、用例を縦横無尽に駆使して説く、井上ひさし式文章作法の極意。

井上ひさし著

私家版日本語文法

一家に一冊話題は無限、あの退屈だった文法いまいずこ。日本語の豊かな魅力を爆笑と驚愕のうちに体得できる空前絶後の言葉の教室。

井上ひさし著

新釈遠野物語

遠野山中に住まう犬伏老人が語ってきかせた、腹の皮がよじれるほど奇天烈なホラ話……。名著『遠野物語』にいどむ、現代の怪異譚。

井上ひさし著

吉里吉里人（上・中・下）

日本SF大賞・読売文学賞受賞

東北の一寒村が突如日本から分離独立した。大国日本の問題を鋭く撃つおかしくも感動的な新国家を言葉の魅力を満載して描く大作。

筒井康隆著

最後の喫煙者
――自選ドタバタ傑作集1――

「ドタバタ」とは手足がケイレンし、耳から脳がこぼれるほど笑ってしまう小説のこと。ツツイ中毒必至の自選爆笑傑作集第一弾！

吉行淳之介著

原色の街・驟雨
芥川賞受賞

心の底まで娼婦になりきれない娼婦と、良家に育ちながら娼婦的な女――女の肉体と精神をみごとに捉えた「原色の街」等初期作品5編。

吉行淳之介著

夕暮まで
野間文芸賞受賞

自分の人生と〝処女〟の扱いに戸惑う22歳の杉子に対して、中年男の佐々の怖れと好奇心が揺れる。二人の奇妙な肉体関係を描き出す。

開高健著

パニック・裸の王様
芥川賞受賞

大発生したネズミの大群に翻弄される人間社会の恐慌「パニック」、現代社会で圧殺されかかっている生命の救出を描く「裸の王様」等。

開高健著

日本三文オペラ

大阪旧陸軍工廠跡に放置された莫大な鉄材に目をつけた泥棒集団「アパッチ族」の勇猛果敢な大攻撃！　雄大なスケールで描く快作。

開高健著

夏の闇

信ずべき自己を見失い、ひたすら快楽と絶望の淵にあえぐ現代人の出口なき日々――人間の《魂の地獄と救済》を描きだす純文学大作。

開高健
吉行淳之介著

対談 美酒について
—人はなぜ酒を語るか—

酒を論ずればバッカスも顔色なしという二人が酒の入り口から出口までを縦横に語りつくした長編対談。芳醇な香り溢れる極上の一巻。

大江健三郎著

死者の奢り・飼育
芥川賞受賞

黒人兵と寒村の子供たちとの惨劇を描く「飼育」等6編。豊饒なイメージを駆使して、閉ざされた状況下の生を追究した初期作品集。

大江健三郎著

芽むしり仔撃ち

疫病の流行する山村に閉じこめられた非行少年たちの愛と友情にみちた共生感とその挫折。綿密な設定と新鮮なイメージで描かれた傑作。

大江健三郎著

個人的な体験
新潮社文学賞受賞

奇形に生れたわが子の死を願う青年の魂の遍歴と、絶望と背徳の日々。狂気の淵に瀕した現代人に再生の希望はあるのか？　力作長編。

大江健三郎著

ピンチランナー調書

地球の危機を救うべく「宇宙？」から派遣されたピンチランナー二人組！　内ゲバ殺人から右翼パトロンまでをユーモラスに描く快作。

大江健三郎著

同時代ゲーム

四国の山奥に創建された《村＝国家＝小宇宙》が、大日本帝国と全面戦争に突入した!?　特異な構想力が産んだ現代文学の収穫。

新田次郎著
縦走路
冬の八ヶ岳を舞台に、四人の登山家の男女をめぐる恋愛感情のもつれと、自然と対峙する人間の緊迫したドラマを描く山岳長編小説。

新田次郎著
強力伝・孤島
直木賞受賞

直木賞受賞の処女作「強力伝」ほか、「八甲田山」「凍傷」「おとし穴」「山犬物語」など、山岳小説に新風を開いた著者の初期の代表作。

新田次郎著
孤高の人（上・下）
ヒマラヤ征服の夢を秘め、日本アルプスの山々をひとり疾風の如く踏破した〝単独行の加藤文太郎〟の劇的な生涯。山岳小説の傑作。

新田次郎著
蒼氷・神々の岩壁
富士山頂の苛烈な自然を背景に、若い気象観測所員達の友情と死を描く「蒼氷」。谷川岳衝立岩に挑む男達を描く「神々の岩壁」など。

なかにし礼著
長崎ぶらぶら節
直木賞受賞

初恋の研究者と、長崎の古い歌を求めて苦難の道を歩んだ芸者・愛八。歌と恋と無償の愛に生きた女の人生を描いた、直木賞受賞作。

宮本輝著
幻の光
愛する人を失った悲しい記憶を胸奥に秘めて、奥能登の板前の後妻として生きる、成熟した女の情念を描く表題作ほか3編を収める。

宮本輝著
錦繍

愛し合いながらも離婚した二人が、紅葉に染まる蔵王で十年を隔て再会した――。往復書簡が過去を埋め織りなす愛のタピストリー。

宮本輝著
ドナウの旅人
(上・下)

母と若い愛人、娘とドイツ人の恋人――ドナウの流れに沿って東へ下る二組の旅人たちを通し、愛と人生の意味を問う感動のロマン。

宮本輝著
夢見通りの人々

ひと癖もふた癖もある夢見通りの住人たちが、ふと垣間見せる愛と孤独の表情を描いて忘れがたい印象を残すオムニバス長編小説。

宮本輝著
優駿
吉川英治文学賞受賞(上・下)

人びとの愛と祈り、ついには運命そのものを担って走りぬける名馬オラシオン。圧倒的な感動を呼ぶサラブレッド・ロマン!

宮本輝著
五千回の生死

「一日に五千回ぐらい、死にとうなったり、生きとうなったりする」男との奇妙な友情等、名手宮本輝の犀利な〝ナイン・ストーリーズ〟。

宮本輝著
螢川・泥の河
芥川賞・太宰治賞受賞

幼年期と思春期のふたつの視線で、人の世の哀歓を大阪と富山の二筋の川面に映し、生死を超えた命の輝きを刻む初期の代表作2編。

新潮文庫最新刊

赤川次郎著
いもうと
本当に、一人ぼっちになっちゃった――。27歳になった実加に訪れる新たな試練と大人の恋。姉妹文学の名作『ふたり』待望の続編！

桜木紫乃著
緋の河
どうしてあたしは男の体で生まれたんだろう。自分らしく生きるため逆境で闘い続けた先駆者が放つ、人生の煌めき。心奮う傑作長編。

中山七里著
死にゆく者の祈り
何故、お前が死刑囚に――。無実の友を救えるか。人気沸騰中〝どんでん返しの帝王〟による、究極のタイムリミット・サスペンス。

篠田節子著
肖像彫刻家
超リアルな肖像が巻きおこすのは、おかしな現象と、欲と金の人間模様。人生の裏表をからりとしたユーモアで笑い飛ばす長編。

髙樹のぶ子著
格闘
この恋は闘い――。作家の私は、柔道家を取材しノンフィクションを書こうとする。二人の心の攻防を描く焦れったさ満点の恋愛小説。

楡周平著
鉄の楽園
日本の鉄道インフラを新興国に売り込め！商社マンと女性官僚が挑む前代未聞のプロジェクトとは。希望溢れる企業エンタメ。

エロ事《ごと》師《し》たち

新潮文庫　の - 3 - 1

昭和四十五年四月十五日　発　行
平成十三年八月二十五日　三十一刷改版
令和　四　年　五　月　十　日　四十一刷

著　者　野《の》坂《さか》昭《あき》如《ゆき》

発行者　佐藤隆信

発行所　株式会社　新潮社
郵便番号　一六二—八七一一
東京都新宿区矢来町七一
電話　編集部(〇三)三二六六—五四四〇
　　　読者係(〇三)三二六六—五一一一
http://www.shinchosha.co.jp

価格はカバーに表示してあります。

乱丁・落丁本は、ご面倒ですが小社読者係宛ご送付ください。送料小社負担にてお取替えいたします。

印刷・錦明印刷株式会社　製本・錦明印刷株式会社

ISBN978-4-10-111201-5 C0193